QI WEI
CHUNQIU

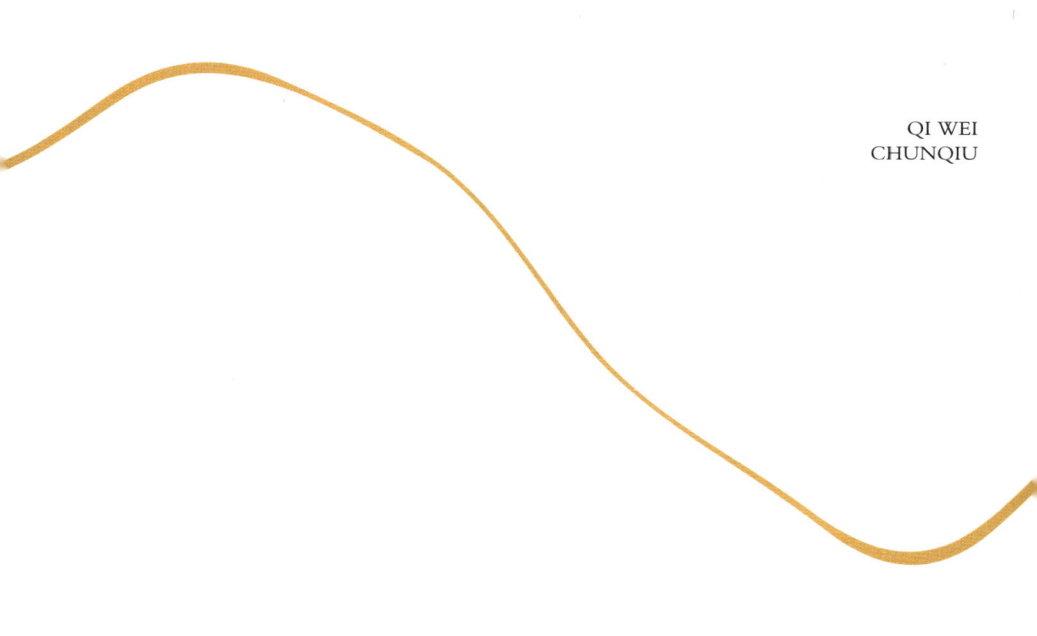

其惟春秋

时代出版传媒股份有限公司
安徽文艺出版社

李亢◎著

李亢（Colin Lee），作家，导演。青年时期，一次奇特的经历，改变了他的生命意识。在接下来的人生里，他习惯于从文学、电影、音乐等艺术的弹力中，寻找不张不弛的张弛感，也致力于建立自己的哲学。

QI WEI
CHUNQIU

其惟春秋

李亢◎著

时代出版传媒股份有限公司
安徽文艺出版社

图书在版编目（CIP）数据

其惟春秋 / 李亢著. -- 合肥：安徽文艺出版社，2025. 5. -- ISBN 978-7-5396-8258-7

Ⅰ．I227

中国国家版本馆CIP数据核字第2024V815R2号

出 版 人：姚 巍
责任编辑：张妍妍　姚爱云　　　　　　装帧设计：张诚鑫

出版发行：安徽文艺出版社　　www.awpub.com
地　　址：合肥市翡翠路1118号　邮政编码：230071
营 销 部：(0551)63533889
印　　制：安徽新华印刷股份有限公司　(0551)65859551

开本：880×1230　1/32　印张：8.375　字数：140千字
版次：2025年5月第1版
印次：2025年5月第1次印刷
定价：52.00元(精装)

(如发现印装质量问题，影响阅读，请与出版社联系调换)

版权所有，侵权必究

名家推荐

读完李亢的诗选,我只能说,丰富多样的职业身份,都掩盖不了他诗人的本质。(余一鸣,著名作家,"人民文学奖"获得者)

李亢的诗,关注日常中的沦落与道义、短暂与恒常。他以明晰的意象和讲述,将智性、抒情、叙亭融为一体,传递出人性与神性的惊心博弈。(黄梵,著名诗人、小说家,"钟山文学奖""紫金山文学奖"获得者)

作者以睿智的目光扫过人生与山河,捕捉镜像般的哲思、流动如水的景观,也从劳作的生活中赞美质朴与真诚,很鲜活、很旷达。(周安华,南京大学教授,著名学者、评论家)

职场角色的转换和历练,让与生俱来的诗人气质,在李亢的诗中展露无遗。他的诗是体察事物的视角,有细腻的亲和感,更有对生命和生活的思辨与深情。(冯伟民,中科院南京地质古生物研究所二级研究员,著名科普作家)

每一行诗句,都是生命的线索。语言的碎片,是爱的证据。像雾像雨又像风,由诗而入禅。孤意与深情之后,落定为智慧。李亢的诗活了。(蔡尚伟,四川大学教授,著名学者)

青年诗人李亢，因为多重职业经历和丰富生活历练，形成了独特的选择视角和进击方式，对生活有了新的发现和开掘，在优秀的传统文化中寻找出新时代的诗意。我们可以在他的诗中眺望历史和未来！（宋江波，原长春电影制片厂副厂长、总导演）

李亢的诗歌能在纷繁的世界里，以独有的视角去探索生命的理想性、思考的可能性和世界的纯粹性，用诗性的视角和悲悯情怀回答了这个时代审美趣味如何在自我与时代的疏离中保持和谐统一的问题。（陈龙，苏州大学教授，著名学者）

真正的纪录片作者都拥有一颗诗人之心，李亢用目光之刃剥去现实世界的冗余和虚像，以生命现场的呼吸为回车键，吐纳之间，"诗"就"亢然纸上"了。（吴琦，著名纪录片导演，纪录片《王阳明》导演）

读李亢的诗，最强烈的感觉是诗中有画面，有可以置身其中的场景，甚至可以感受到一种无法言状的情境，我想这大抵是他长于镜头语言表达的缘故。他的诗像是在不同的空间切换中，追踪着一种类似时间存在的意象，比如烟花之于黑夜、雪地之于凝视，这让我想起博尔赫斯诗一般的文字——有灰烬的地方就找得到火焰……（申晓力，诗人，著名纪录片导演）

读李亢的诗,能感觉到当代南社诗人禀承的南社诗骨气节和"关不住"的创新精神。(张夷,教授,中华南社学坛常务主席兼总秘书长)

或许是做过纪录片的缘故,李亢的诗歌钟情于叙述时间,如同他作为导演雕刻时光一般,让我们感悟、感慨、感伤。(张勇,浙江大学教授,著名导演)

沉淀于日常点滴,捕捉于岁月流转,以文字雕刻时光,以诗意品味人生。(邵雯艳,苏州大学教授,著名学者)

李亢,这些年做了很多事,也作了很多诗。李亢是有"诗心"的人。对于影视创作者,"像由心生",我从他的影像作品里看到了他的"诗心"。(丁文剑,制片人,知名导演、学者)

李亢的诗在看似平静的叙述中藏有对生活仔细的观察与深入的思考,将抽象思考与微妙意象结合,达到一种陌生化的平衡。他的短诗是个人经历和大众生活的谜语,也是画面感极强的剧情片,作者并不依赖过于抽象和晦涩的表达,而是着力于培养作者与读者、与观众之间的良好沟通感,这也得益于传统诗词的优良基因。(汗青,作家)

他是一位非常特别、具有时代感的作家,"新潮"的同时又不失传统知识分子使命担当的本色。(莫迪,作家、学者)

10年导演，6年高校教师，12年编剧，18年诗人，6年影业总裁、影视制片人的工作，造就了李亢这些极富个人风格的作品，我们可以从中看到其作为生活家的趣味性，作为学者的思想性，作为诗人的灵性，作为导演的故事性，作为大学教师的教育性，作为企业家的实践性，作为慈善家的悲悯性，作为评论家的深刻性。（谢语野，资深影视制片人）

李亢先生的文字兼具灵动曼妙与古典深邃。浸润其中，宛若雨丝飘在两颊，又可从淅淅沥沥里闻氤氲香气。他是清醒的智者，也是坚韧的独行者，在时光里携着智慧与毅力，马不停蹄。（辛桓，编剧）

从征兵宣传片开始关注李亢，从磅礴的解说词看以为是从戎多年的将士，偶然聆听他的讲座和诗歌，才发现是一个非常有个人魅力和才华的江南才子。温润才子有大气魄！（张鲁克，文化学者）

他是导演、编剧、学者、国际电影节评委、多所高校客座教授、研究员、硕导、影业总裁、公益人、资深投资人、影视出品人、制片人，这些支点和角度使他能观察到更加宽广的世界。我常说他有主角光环，但是又愿意为别人的人生做铺垫；他有最富生命力的年轻锋芒，又有大庇天下寒士的古道热肠。感谢诗人李亢！感谢公益人李亢！（黎珠漫，作家，乡村振兴践行者）

序

我一生都在别离啊,无量的别离流经我,使我慢慢变成了一根导管,最后变成一个容器,和无数次别离流经的你一样。我们,像所有容器一样,被所容纳之物渐渐染上了颜色。

电影的光和影,像人的遇与分。相遇时分多加一些特写,离分之前多跳一支舞,重重拥抱,狠狠告别,少一些虚焦和摇摆,便是人世影戏好节拍。

距离我人生第一首诗歌的发表已经十五年了,再次读,仍能感受到来自少年时代的余震。稿费汇款单上的数字也在梦和诗的时间里不断膨胀,成为我后来在影视创作中收到的百万编导费。我成为我,我还是我,可膨胀的尽兴与怅然都未及当年。

少年读书时,拥有敏感的视力,还不曾拥有宇宙意识,爱用特写"镜头"看世界,更关注锋利的清晨、忧郁的情思,所以早早看出了世界里另一种世界的原型。在对青春的凝视中,我看到花事结束,花蕊飘零,明媚的游戏坠入东风。或许是那时候还没见过太多山,处处追求远见,立志高瞻远瞩,所以也过早地知道了雪莱的冬天不过是春天。也是在那个时候,我在学校的图书馆邂逅了一本奇特的书,里面的一句话,让我铭刻于怀。

"其惟春秋,便能让过去和未来历历在目……",扉页上的这句话,让我领悟了如何去突破时空的连续性,成为一个周期性的时间旅行者。

还想继续研习,后来多次回去寻找,再也不见。不知是不是巧合,又得而复失,导致我在偶尔取得成功后的一些时日里,患得患失。幸好借着创作几部影视作品多读了几页史书,知以此亡,亦应以此兴,方才释然。

或是受家庭艺术氛围的影响,我从小便觉察到了艺术的特殊性,它是一个永不停歇的实验,既不存在边界,也不存在时代。对不朽的关注,对艺术的兴趣让我总不会太偏离其宗,包括在苏州大学读研究生时毅然决然地从管理学跨到了艺术学,倒不是我渴望永恒,但是确实厌恶速朽。毕业后,我选择了让文字变得更热闹的行业,成为编剧、导演、制片人、出品人、企业家、大学教师、硕士生导师、学者、投资人。成为一枝幸运的芦苇,在轻盈的导管里,很多经历、职责、世事、人情流经我。在芦苇的叶片里,很多爱恨像风抚慰我、割伤我。即便在秋风中,也不改蓬勃。

芦苇和诗歌一样,也和我的爱一样,不拘节气,没有程式,它似乎有权要求永恒。

繁华看遍之后,一次意外的经历彻底改变了我的思维方式和生活态度。接下来的时间,我开始致力于建立自己的哲学。讲形而上又讲形而下,老子用韵文,孔子用问答,庄子用散文,我尝试过用电影,用小说,用诗歌。继而发现,语言的限制是致命的,话语不能对应无限的具体,"说出的即不是禅",于是我开始"得鱼忘筌"地行走。

老年的李亢告诉少年的李亢,寻找河流中的大石头,要去上游,少年的李亢逆流而上,抚起了青年的李亢再一次流经时间……从课堂逆流于历史,从片场逆流于书院,从繁华逆流于深山,从未来逆流于当下,还是觉得不够,于是又走进史书、走进苍穹、走进沙漠、走进大海,最后回到远响若有还无的狮子山,经秋过夏,一笔一画写下这些字。

这本书,距离上一本读书时所写的书,隔了漫长的十年出走、十年打坐。我是幸运的,也是不幸的,你看我体内流过了十年,也没有太大的变化。我只会担心提前选定的这一生剧本,因为一世过于幸运,缺少变化,于是我时时等着被时间和命运偷袭。

所以在很长一段时间,我推崇的,都是能将自己导演成千百场碎片和剧本的智慧,我期待时光能将我重新剪辑成一个完全不同的我。

你或许也有同感。人年轻时,看不起平凡,殊不知,激情十丈里混进了一息随遇而安,便把生命的试剂纯度全部破坏了。然后便又开始机灵地继续安慰自己的实验台:别和自己较劲儿。琐碎中的活着和真正的活着是两回事,淡泊中的冷眼和激情中的远见也不是一回事。长大之前,我一度相信如果淡泊不为了明志,只证明还不配活着。幸好,我按时长大了,正如你一样。你知道的,我这个时间旅行者,是在写你,也是在写我。

我的名字单字一个亢,字形很特别,能在黄榜上一眼就看出高中,当然,也是一眼就知道落榜。"亢"这个字,单看字形,是知进不知退,思得不思失,不求对称,拒绝完美主义,接受遗憾,不念过往。一横之上一点智慧,一横之下舒展扎根,不断平衡地探索最适合自己的生命形态。人生,亦卑亦亢,可卑可亢,尽兴就好。希望"亢"这个人生态度和"亢"的文字能激起你生命中的浪花或火花。

这本书分成三辑,分别是"掩卷"、"面南墙"和"你是你一生中第一个活着的人"。

何为"掩卷"?相对于关心千古历史的兴亡,我更关心琵琶女的每一次掩面,这就像我的每一次掩卷,关心的是掩卷后的冷暖、悲喜和长叹。这个世界的造化,"显微镜和每一卷书都看不清,但每一次掩卷都能"。至于破不破卷,不值得细思量。

何为"面南墙"?我曾面壁南墙,破壁免俗,入了江湖。后来发现,江湖险恶不可怕,江湖平庸才可怕。

攀登,这是江湖不朽的传统。人踩着前人脚步而上,不够踩了,也会踩着今人头顶往上攀爬。现实中我碰巧多了几重职业和身份,就多了一些踩与被踩,踩与被踩的脚印也更多、更重,所以我拂拭掉头上和脚下的脚印,需要更久更慢,借着这些缓慢的幻听滞后和视觉暂留,我拿着笔回到南墙,重新面南墙。至于破不破壁,不值得细思量。

何为"你是你一生中第一个活着的人"?其实是一种觉醒的亢奋的楔子。一次在异地出差,项目组遇到了一系列突发事件,在第十几天的第十几场线上会议中,我带着对世情感慨的千愁万绪进入万分紧张的谈判中,突然面前的屏幕全黑,里面只有我的影子。一瞬间,顿悟——我一直面对的人是我。屏幕里是观众还是主角,必须果断分清。面前的我,究竟用什么角色,准备如何过完这一生?

随着电力恢复,会议继续进行,意识也忽然跟着白屏面向当下。所有思路瞬间清除,就像很多理想被时代的嘈杂擦除,一瞬间仿佛走马灯般过完了一生。我合上笔记本电脑,逆观整个思维过程,片刻之后,我删除了所有日程,奔向机场赶回苏州,迅速结束掉可能搅扰的所有项目。

那一刻,我好像产生了多于一个文明的思绪。在人类文明史的关键时刻,人类的悲叹声容易消失在虚空中,人类应该更成熟了,最好成熟到能勘破向外的虚幻,向内自求。每个人都是他的人生中唯一活着的人,要最有生命力地、亢奋地、尽兴地度过每一天,当然,如果再多点智慧,更好。至于活不活着,不值得细思量。怎么活着,值得每个当下不停思考。这三辑名称的由来,在本书的三首诗中略有提及。

我的每一行文字,都有最适合它的读者。能读懂这本书的人,是我真正的知音,或许在这个世界上没有几个,但是我还是坚持等待,用这些谜语和密码等待能破译它的人。如果你是,可以扔个"印可"给我,让我再少一点孤独,让我再深一点孤独。

这本书的出版,要感谢很多人对我的智慧启迪。一个绕不开的时间点是几年前的一次合肥雅集,那是个桃花能盛开出《诗经》里灼灼其华的地方,敬爱的禹成明老师、何苏六老师、申晓力老师、唐宁老师以及亲爱的孙剑英老师,他们带来的思维碰撞让我心中荡开层云千叠,让我以自如之本性支点,领悟了蛰伏初醒的"知行合一"。还有更多的老师,我亦深深感激。我会继续深思他们的深思,效法他们的效法,开拓他们的开拓。

还要感谢 Ginger、阚云侠、李卓如、朱红健、Lynn 等很多美好的人,她们传递的美好,我将继续传递下去。这么多年很多人给了我绵绵不绝的幸福感,让我没有产生一个需要拿起酒杯来浇灭的块垒。对于生命来说,再不朽的作品,也远比不上生命体验中这些人的莞尔一笑。

我最想做的事情是帮助所爱护之人实现梦想,还能大庇天下温良寒士。本书收益的百分之三十将作为公益项目"李亢艺术奖学金"继续捐助给有需要的在读学生。这个奖学金已经成立多年,经由多所高校发放。如有迫切需要得到支持的青年艺术创作者,也可以通过电子邮箱或新媒体平台联系我。本书收益的另百分之三十将捐给自闭症儿童等特殊群体,他们是我从大学开始做独立纪录片时初次接触的特殊群体,也是我终生会关注的群体,我期待他们和他们的家人过得更有尊严。

因为早就戴过宇宙意识的至高眼界的望远镜,知道那样去看人世、看世人是没有什么意义的,所以我及时摘下,戴上近视眼镜,负起清晰的责任,过"水深火热"的热烈生命。

我是我人生中唯一活着的人。

我是我这一生中第一个活着的人。

我也是我这一生中最后一个死去的人。

你也是。

公元 2024 年苏州狮子山下

目　　录
CONTENTS

001 / 序

第一辑　掩卷

003 / 骆驼笑我

004 / 隐蔽的岁月序章

005 / 母性是把锁

006 / 像相机的爱情

007 / 妈妈的饺子

008 / 免俗（一）

009 / 投名状

010 / 尽头

011 / 我无数次路过爱情

014 / 我以为我路过爱情

016 / 写诗的狱警

017 / 虚惊

018 / 识字忧患起

020 / 婚礼

021 / 大雪书

022 / 罪

023 / 老鼠

024 / 醉

025 / 理想

026 / 开口

027 / 灭火的方法

028 / 雪中思

029 / 今天

030 / 掩卷

031 / 托钟言衷

032 / 所谓江湖

033 / 人质

034 / 山行

035 / 山

036 / 哭之笑之

037 / 竹下眠风

038 / 会议无精神

039 / 墓碑

040 / 哪个秋日不怀春

041 / 母爱

042 / 婚礼当天的报纸

043 / 垃圾分类

044 / 你知道吧,我在写你

045 / 不肖子女的消防员父母

046 / "情侣装"

047 / 爱情的阶段

048 / 在川上

049 / 八岁女孩讲的爱情秘籍

050 / 路过的祖孙三代的脸

051 / 过你的故乡

052 / 你过的是剧本执行的一生

053 / 理想的一天

054 / 成年

055 / 辈子

056 / 病是一种哲学

057 / 时间是不一样的

058 / 蚯蚓

059 / 匮乏

060 / 下山

061 / 五台山的小和尚

062 / 向鱼问水

063 / 我想用倒叙救回尾生的爱情

064 / 胆小的代价

065 / 我说的是爱情啊

066 / 姜糖女孩

068 / 病

069 / 茂霖

071 / 唐刀书

072 / 我本是

073 / 我问

第二辑　面南墙

077 / 渔樵问对

079 / "李亢艺术奖学金"之来由

081 / 送神出厂的木匠

083 / 入冬

085 / 鞋子

086 / 批判老师

087 / 当代年轻人的圈圈

089 / 选美

091 / 阅后即焚

093 / 关闭一次平行时空

095 / 亢奋

097 / 如果有轮回

099 / 身价

101 / 均匀

102 / 爱情书

103 / 最后的赶马人

105 / 广场舞

107 / 让泡沫成为美人鱼的秘方

109 / 诗歌写作课

111 / 考场是一个寿命集中器

113 / 门,虚掩爱情

115 / 考场女孩

117 / 或许自由更胜一筹

119 / 在工厂

121 / 最可爱的一个字

123 / 以前,为什么没有爱情

125 / 如何让一个人充满四季

126 / 打折

127 / 清明

128 / 小满,听一株麦子的相思

130 / 游乐场的高手奶奶

131 / 木墩子的流水线

133 / 天山山脉有一段我的童年

134 / 练习春天

136 / 雷神山

139 / 麟州秋思
    ——写在纪录片《杨家将》后面

141 / 外婆只有一个问题问我

143 / 不小心的思念

145 / 以倒叙的方式打开灰姑娘的命运

147 / 上学的路上有座坟包

149 / 小丑鱼

151 / 导演椅

153 / 代偿心理

155 / 自动驾驶与纪录片创作

第三辑　你是你一生中第一个活着的人

159 / 慌张小姐

161 / 竖看横店

164 / 倒叙丑小鸭的童话

166 / 其惟春秋（一）

168 / 三把斧子的寓言

171 / 免俗（二）

173 / 奔马的眼泪

174 / 记忆的温度

　　——写在公益纪录片《星光的方向》前面

179 / 在开机前一夜的梦中

181 / 一位写诗的"白衬衫"

183 / 狗学生

185 / 我的佛

187 / 向前撤退

190 / 将进酒

194 / 最后的城市马帮

196 / 人生的恒河

197 / 叨天之幸

　　——为纪录片《平山海》作山海词

199 / 当泰坦尼克号从冰山上撤回

201 / 秘方

202 / 盛大的恩情

203 / 大雪太湖书

205 / 蝉,想听冰的事

207 / 写给一条已经干涸的河

208 / 生产奢侈品的导演

209 / 来自渔村的建筑工人

210 / 宝刀书

211 / 铜镜子

213 / 一只横穿高速路的狗

215 / 年轮河

216 / 零工

217 / 迷上迷路

219 / 山海词

221 / 粉碎机里找诗歌

223 / 打捞春秋

224 / 月华

226 / 其惟春秋(二)

228 / 想起

229 / 剧作课上

231 / 公主

232 / 彭宇案

234 / 办公室战况

236 / 上帝是个"偷窥狂"

238 / 洗车店的第二种价格

240 / **后记**

第一辑　掩卷

骆驼笑我

我笑骆驼
一辈子只走了一条路
骆驼却笑我
走了这么多路
却从来走不出
自己的鞋子

我笑骆驼
走了这么久
还是被两座山压着
骆驼却笑我
你已经开始上山
却没有一座在身上

隐蔽的岁月序章

孩子手心里的蝉
是霜发老人
再也走不出的声响
脚步迈不进的夏天

老人手里的拐杖
叩击着大地
好像再多走一步
就能叩开通向地下的门

你像候鸟带来迁徙的喜讯
却没有告诉我
巢穴和归期

蜡烛藏着眼泪和热情
一口气过后
蛋糕上只剩下半截的空虚
和甜甜的理想

母性是把锁

在母亲的
绝望里,她发誓
不要成为母亲那样
围着孩子转一辈子的人
她宣言绝不囿于爱,爱
在很多时候
是一种夸大的情感
后来,她的女儿
立了同样的誓言

像相机的爱情

你像快门
只能接受偶尔
不能接受长久
拍一次照
爱情便衰老一次
衰老就是相机的使命
至于拍出了妍媸
不再是意义
只是功能

妈妈的饺子

妈妈包饺子

坚持一个标准

既要煮熟了不破

还要非常饱满

只有受了孩子的气

提出罢工后的用餐时间

偷偷包出的饺子

会因为关切

撑破了面皮

于是,露了馅

免俗（一）

我从小酷爱太极
惯拿一把唐刀
忘掉玄机，劈开秋气
是因为早早看透了玄机的尽头
尽是儿戏

不被世界变大的孩子气
和不张不弛的张弛感
是对抗锋芒的弹力
只有这样的人生
才是真的在经历自己

俗世的进出
没有什么
只是提前去破立玄机
安顿混沌的后半辈子
就像这辈子
也是它先来一样

投　名　状

女环卫工是马路上的

不系之舟

把车流分成了两边

一边是快

一边是慢

她围着落叶转得很快

转过的地方时间流淌得很慢

写意的扫把

划过地球

把残年流转

有时候,她也会拿出

一把苛刻的夹子

只夹绿叶

不夹枯叶

像把残年

分成了两半

我怀疑她的工具

是一个投名状

能让苍老

更好地把她认作同类

尽　头

我看过九十九个日暮
铭文刻录的
都是生命、天道
光影、轮回
这些最高的权力
也难以掌握的主题
我不用继续看下去
因为我知道
第一百零一个
也无非是
另一种无可奈何
像不曾拥有同一生的你我
被时间遗落在第一百个
只能被动飘零
在劫难逃

我无数次路过爱情

游泳教练的诗：
水面呼气可以
水里吐气可以
如果你心思游移,用心不一
在哪里浪都会呛水

发型师的诗：
现在,头发丝我都能接上了
为什么我和她的故事接不上

心理医师的诗：
我也是久病成医
发现了专治人间爱情伤痛的方子
可惜,成医之后发现
医者难以自医

快递员的诗：
我已经告诉你取件码
是你没有按时取件
明天的暗号明天才能更新
你不要再等我了

明天收不到
到时再说吧

"蜘蛛人"的诗：
或许是因为渺小
我爬得越高，越得不到你的仰望
你说胆小的我如履薄冰
其实悬在烈日中，最希望有块冰
现在好了，你走的时候
在我心里放了很多冰

流水线工人的诗：
合格的产品我不多看一眼
只有瑕疵品，才会让我贪恋
就像早恋，人生的快乐在于犯错期间
那是来到流水线之前

园艺工人的诗：
是不是因为
手植了太多的黄杨和松柏
用光了青春的葱茏

导致我的青春里寸草不生

打捞人的诗：
从就缺一瓢饮的弱水中
打捞了一辈子弱者
也没能变强
把自己从弱者里打捞出去

程序员的诗：
我开发这个造梦程序
灵感是发现了
和她的聊天记录
越往上翻
她越爱我

美容师的诗：
时间真神奇
七年，能让全身的细胞更新一次
但是都能绕开
每一件伤心事

我以为我路过爱情

宠物饲养员的诗：

如果你家的狗

开始对你狂吠

不是它开始厌恶你

就是已经有人给它喂食

网红女主播的诗：

都说我是真正的艺术家

是第九座艺术殿堂

我也确实擅长

用低于爱情的美

豢养男人高于欲望的想象

过磅员的诗：

睡觉前称体重

醒来发现增加了一磅

夜里只是梦见了你

多的难道是

心事的重量

消防员女朋友的诗：

他回消息特别慢
我也故意回他消息特别慢
以为这样就扯平了
后来发现他被烧焦的手机
这辈子
扯不平了

粤餐厅厨师的诗:
我要快点吃
三分钟的泡面
吃完面,好有时间
为你煲三小时的汤

写诗的狱警

他毕生的职责

是把几行心事

从时间的徒刑里

救出去

给它阳光

也无非

把自己自由的一生

囚在句子里

不见天日

虚　　惊

每一场噩梦

都能摁着身体

演练失去

让失明的灵魂发现

最贵重的

是清醒

最美好的

是虚惊

识字忧患起

我羡慕收废纸的阿姨
不认得几个字
却能更快地处理好
这么多文字的归宿

对于价值来说
废报纸不如旧杂志
最没用的是信纸
对于乏味的人生来说
正好相反
油墨愈浅心事愈重
生活总是反向丈量

最近阿姨有心事
不再去收废纸
偶尔问我几个竖心旁的字
她不明白
自己不识字的人生
能精确到几斤几两
为什么读了十年书的孩子
总是噩梦连连眼神迷茫

后来阿姨重回欢喜,对我说
医生断定不是邪祟的纠缠
更不是处理字纸的报应
纯粹是是因为卧室里
太多毒书的污染
字面意思
铅中毒
或许也属于
文明进化附赠的溃疡
识字而起的最小忧患

婚　　礼

初雪的白放在额头上
许多句子敲窗而入
你还没露眼
先红了脸
一纸零落的往事
松开两匹烈马
赎走红叶脱水的情愫
诺言里收回 56 度的高粱酒
攥紧了少年眼里的微澜
烛火在风里啃食自己的影子
还是饿成了一摊
时光无法忘记的柔软
他和她相约关山
直到初雪的白将额头传染

大 雪 书

大雪是梨花的遗言
在春节的花窗前走漏了风声
又在大地上写得过于潦草
使你终究没能走出
果核纹路的迷宫
找到那个被白色覆盖的坟冢
忘掉飞溅着火花的遗产
继承的,只有冷空气一团
洪水花瓣,月光倾城
足够用来辜负来世的群蜂
浪费大地的今生

罪

人群里伸出一双手
摔倒的老人被扶起
剩下的口舌蠢蠢欲动
这双手便成了嫌疑犯

沙漠里降了一场雨
一株仙人球枯萎
剩下的仙人球窃窃私语
这场雨便成了谋杀犯

老　　鼠

一锅粥被一个顾客
发现了一颗老鼠屎
店里的服务员被扣了工资
这个顾客便成了老鼠

一锅粥被一个服务员
发现了一颗老鼠屎
店里的厨师被扣了工资
这个服务员便成了老鼠

一锅粥又被一个老板
发现了一颗老鼠屎
店里的所有人都被扣了工资
这个厨师便成了老鼠

从此,有家饭店
人人喊打

醉

曾经醉得清醒过几次
是因为遇到了
人生中难得的热闹和孤独
相继到来
又不散场

曾经清醒地醉过几次
是因为遇到了
人生中难得的假酒和真情
让我不能大醉
又不能清醒

理　　想

曾经丢了一粒
华丽的扣子
等到再找回那粒扣子
已经穿不下
那件破旧的衣服
从此每次去店里
都会留意
有同样扣子的衣服
和同样衣服的扣子
一次一次用眼睛穿上
直到眼睛
像扣缝空空
什么都填不满
什么都穿不下

开　口

听说
惹女人生气
只需要把盐罐的盖子拧紧
这样她就会开口说话了
我也试了
比我还能沉得住气的那个
也不叫我
烧出来的菜
都甜得像初见时
看来这是翻了旧账
我没沉住气　开始发火
结果一张嘴
说出的都是甜言蜜语

灭火的方法

有一种灭火的方法
是用更外圈的荒芜画地为牢
用更猛烈的火先把可燃物烧干净
和消灭汹涌的爱恨一样
时间,常常是这把更猛烈的火
让寸草不生
让世间葱茏
还会让你不断以为
爱情是被火浇灭的火

雪 中 思

大雪封山

鱼钩是唯一的生机

直直的一条鱼线

是天空对大地悬而未决的思念

树枝用尽力气

发出一声嘶哑的声响

只从邈远

走向邈远

前世约定的一坛绿蚁

没有爬到你的心头

今年索性倒进寒江

能灌醉一条传尺素的鱼儿也好

灌满哀愁，也带走相思

今　　天

余生从此开始

今生到此为止

这个起点和终点

狡猾的踩点

如果你不盯紧

它会从良人跑成大盗

窃取你顶上的醍醐和墨

人生的锦帛

再也写不出颜色

掩　　卷

钟表的驴蹄还在
碾磨生命的黄豆
不如流淌
就能形成自由的飞湍
就像千古历史
在史书里飞溅出兴亡感
每一次停顿
都像琵琶女的一次掩面
也像我读史后的每一次掩卷

只有掩卷
才是真正开卷的方法
饮冰的悲喜和冷暖
显微镜和每一卷书
都看不清
但每一次掩卷都能

托钟言衷

夜半梦醒

瞥见挂钟还在赶路

长的志向

还在向短的欲望

一刻不停地追逐

我拆下电池

像从回忆的梦里拆开自己

深视她的灵魂

一如她

夜夜深视我的睡容

所谓江湖

江湖里
说书人等伞
听书人等雨停
我什么都不等
我的伞到了
而你的雨未到
我就成了你的江湖
你就成了我听的书

人　　质

两个死亡率最高的职业
矿工和渔民组建了
世界上最危险的家庭
婚姻被危险俘虏
并不妨碍他们心许山海
他们反而自豪于
只有他们结合
才能连通
大地的心脏和海洋的皮囊
直到有一天
孩子出生了
这对夫妻才发现
他们已经向
无尽的黑暗和汹涌的波澜
交出了一个人质

山　行

揭衣涉浅溪
跌跌撞撞闯入高海拔的灵魂
奈何云深
一次次迎面撞上自己
跟在后面的人
收紧衣衫
抖搂三分云气
绕开我
像打开一扇门
我是她的障碍物
她一路躲闪命运
像枚书签
隐身又耀眼
成了我的门
成了时间最后的秘密

山

有的山被平了
有的山被高高隆起
有的山被隧道捅开两端
有的山被祭祀受天承运
挑起八方风雨
像乡下的坟
像走进城里的人

哭之笑之

一个老人
在农村的一座新坟里新生
一对新人
在城市的一座老房子里老去
新坟和老房子里
躺着的
都是农村的孩子朝思暮想的人
孩子长大后的葬礼和婚礼
悲喜都不分明
充满了眼泪
也充满笑声
就像每一次出生
哭声都能扯出笑容
笑容都能覆盖哭声

竹下眠风

竹叶被风的琴弦

摩擦了三百天

才解开绿色的蓑衣

六十场雨水反复推拿骨节

终于裂帛成八百五十声鹤唳

失散成若即若离的音符

这个风最热爱的弦乐器

和爱情里的我一样

都是一根弦

在命运里蜷缩着战栗的丝线

风和你都是高明的琴师

总能拨弄起惊弓之鸟

在我飞起之前

用喙凿穿今世的空筒

在竹简上刻削来生

直到竹节渗出

相思最后的噪音

会议无精神

台上和台下正襟危坐
不知道谁在复制谁
谁又在验证谁
就像面前桌上的稿子
和台上主讲人的发言
内容一字不差
台下人的笔记上
又被要求记录了一遍
会议就这样荒诞地
把一个内容重复三遍
数了我的无聊三遍
工资三遍,人生三遍
我不怕这三遍
而是怕很多事情
每天都会这样重演
更怕就这样过完一生

墓　　碑

我在姑苏风水最好的山上
为自己立了一个墓碑
每年清明来看望自己
像埋葬自己一回
想到未来,想到过去
想到崇高,想到低微
上面的我对着下面的我
一边责骂,一边钦佩
墓碑里面更高尚的自己
情感正好相反
一边是喜,一边是悲

哪个秋日不怀春

芦苇中的鸟雀

像白发中供养的几根黑发

扑腾一声剪开秋水

秋天更不愿尘埃落定

所有羁绊编织成褴褛的衣衫

像芦絮填满冬衣

松散不能保全温暖

寒碜又不能保证尊严

只有街角的苇叶粽子

还在用伪青的叶子和干瘪的种子

一边悲秋,一边怀春

母　　爱

这个世界
好像是
为了男人
享受母爱而设计的
老娘走了之后
还有新娘

这个世界
又像是
为了女人
体验母爱而设计的
先做新娘
再做老娘

婚礼当天的报纸

我婚礼的消息

刊登成了新闻

拿到当天的日报

发现报缝里

有一则不起眼的寻人启事

当时没有在意

隔了几年之后

意识到失去自由时

猛然想起

那个被寻找的名字

其实是自己

也就是说

那一天,我一边结婚

一边寻找走失的自己

孤独的我

永远定格在那个日期

独立的我

也从那个日期

永远走失

垃圾分类

垃圾开始分类了
我带着几包混合物
走进垃圾房
看着它们的几个归宿
暧昧不清
路过的老奶奶
迅速夺走我的表情
抓起我手里的混沌
拆解、分类、倾倒
把我让在了
有害垃圾箱旁
我像刚插足了
一场硝烟四起的爱情
又像在一场有害的暧昧里
修成正果

你知道吧,我在写你

即便是太阳和月亮
睁一只眼闭一只眼
你也从不轻易
拔出这把
岁月的匕首
除非确定
能见到热血
能见到白发

不肖子女的消防员父母

火被烧毁

就活在火里

水被浸湿

就生在水中

死亡

不会丧命

活着

不能喘息

"情侣装"

我见到一个老人,在医院缴费处
走来走去,焦急又无助
几天后,我又见到她
一个人在手术室外,跪了很久
里面的老人去世了,她成了他
留在世界上唯一的遗物

病服是他们一起穿过
最新的衣服
也是唯一的"情侣装"
她没有怪他刚穿上就脱下来了
因为,死亡马上会成为
新的"情侣装"

爱情的阶段

前期是兴奋
像工具勃兴的旧石器时代
中期是痛苦
像征战不止的冷兵器时代
后期是享受
像驾驭能源的蒸汽时代

旧石器时代
相爱的人爱情如木石
是最有力的防身武器

冷兵器时代
热恋的人手无寸铁
心是唯一的冷兵器

蒸汽时代
热火散去了迷茫
凝结成泪水和力

在 川 上

错穿了时间的风衣
戴反了流淌的结局
我像河水,一辈子
都在经营爱情
思念成线的支流
使得每一段相思
都保持在了濒临枯竭的水位
四季已经被白日梦睡醒
还在梦游的
是不灭的枯荣

八岁女孩讲的爱情秘籍

对的人的心里有一个蓓蕾
一见,你就开花
一见你,就开花

错的人脸上有一支烟花
一念,你就爆炸
一念你,就爆炸

天天有一个人见面,好开心
天天要见一个人,好可怕

你的烟花放错了人
成了一场凋谢
你的花开对了人
成了不灭的烟花

路过的祖孙三代的脸

爷爷在工地烈日下
流出的汗
与爸爸在闷热网吧网恋
流出的汗
别无二致
但对于年幼的儿子来说
爸爸的状况
更加凶险

年幼儿子的语言功能
发育迟缓
公公老年痴呆的口齿
愈发混乱
但对于留守农村的妻子来说
都不如面临裁员的丈夫
巴结工头的每一句话
更加凶险

过你的故乡

你的故乡病了
删掉止痛药
病得只剩下两种色彩
大笑与痛哭还那么硬朗
芦苇和候鸟却同时白头
你的故乡像只老黄狗
远远翘着炊烟的尾巴
和童年跑丢的那只
折叠,折叠的还有
哭和笑,春与秋
一起缩在老掉牙的屋檐下
大声喘息
用唢呐和尘烟唤你
千节百扣的锦衣
整整齐齐
冒出悲欢
梦游在仪式的红和白
惊起绵绵的飘絮
和玄远的鸡啼

你过的是剧本执行的一生

如果你相信命运
你的皮囊就是囚服
如果你不相信命运
生命便不再是你的刑期
剧本里刑期的漫长
反而是此生的福报
一场大病常常得窥天机
如果你等待
剧本执行完就能回去
那就不必执着于故事本身
剧本,自会为你而起

理想的一天

在母亲的眼睛里度过每个清晨
在孩子的眼睛里度过每个黄昏
在爱人的眼睛里度过每个夜晚
中午的时间归我
我会闭上眼睛打开失去一切的锁
这样就能阻止一天的锈迹
在每只眼睛上刻画年轮

成　　年

这是个不普通的分岔口

走到这里,你会发现人生的路口

没有红绿灯的事实

也是从此,公平占有马路的机会变少了

每条道旁

开始标注人性和神性通行

兽性限速且限重

梦想不再能供你往返

只能用来检查快慢

路边允许抛物

也允许过量的幻想把人丢弃

丢完即走,禁止拾遗

哨声如鞭地催赶

高贵单薄蹒跚

你终于明白

路口指挥转向的指挥员

和你的长大一样

原本就不是

一条单行道的需求

辈　　子

被贪心缉拿的公安厅厅长
感情真挚地，说自己
当了一辈子的公安
干了两辈子的活儿
得罪了三辈子的人
总结得比公式精准
可惜话里的几个数字
触动了数学的机括
命运啊又开始计算
贪了四辈子的钱
犯了五辈子的罪
累积了六辈子的富贵
造了无限不循环的孽
听了计算的结果
他竟然很高兴，面目
终于被识破了
这半辈子
被数字套装了进去
装得太累了

病是一种哲学

病人是医生
医生是患者
前者久病成医
后者久医必病
人的过去和未来
无非从你到我
从患者到医生
从医生始患病
所以啊,
不要未经病的哲学洗礼
过度思考长大后的人生
也别在未明白生死之前
就想写自己的墓志铭

时间是不一样的

一百万的手表
贵金属的压迫有重量
光是抬腕就很累了

一百块的手表
争分夺秒的生存更有重量
光是抬腕就很累了

抬腕的时间也算时间的话
一百万的手表
和一百块的手表
时间
是不一样的

蚯　蚓

蚯蚓陪人钓鱼

在第一个死神游来之前

走了神

它羡慕钓鱼的人

自己的生活不用被

别人的快乐拦腰截断

也不必被别人的野心

碎尸万段

钓鱼的人

只须关心很少的事情

活的涟漪入目

死的东西无痕

随时能在鞋和船的包裹里

站起来

用捞网捞起水面的死局

也随时可以走神

即便走神了

也不会遇见死神

匮　　乏

当世界,因物质匮乏而存在时
一个穷人就是
一种智慧,一座灯塔,一个罗盘
一个高尚的人
穷人就是如鱼得水的艺术家
既有繁衍简朴的经验
又能穷极
把非食物变成食物的想象力
穷人将会把匮乏变成机器,对富有的人
进行,一次次引领,一次次剥削,一次次压榨

如果时代,因理想匮乏而存在
富有理想的人处处碰壁
没有理想的人会更有生命力
与物质匮乏别无二致

下　山

当你看到地球时

你在地球之外

当你看到幼稚时

你在幼稚之外

当你能看到爱人的缺陷时

爱情的路上

你已经下山

下山的人

能看到整座山

便已在山之外

五台山的小和尚

山上走出了几位高僧

去为千里外的十三连跳

做一场法事

其中随行的一个小和尚

不断叩谢佛祖

几年前,没有追着她前往富士康

他为情所困

把自己流放到了寺庙

所以他现在,可以

一边超度过去的自己

一边埋葬过去的自己

向鱼问水

在渔民心里
鱼是随雨
从天上落下来的
所以逢着下雨
鱼都会向着生门腾跃顶礼
识晴雨,岸边的人只需问鱼
鱼知道,在南方
三分之一的时间会下雨
偶尔的雪,也下得
极不冷静
总是夹带雨的丝货
雨的丝货里
同样也夹带私货
隔江北望的思念,关于
鱼水驰念的你

我想用倒叙救回尾生的爱情

你从家里出城

遇见洪水

尾生活了过来

他松开桥柱

洪水退回上游

暴涨的河水回到天上

尾生从等待里抽离

蓝桥从约定里提起又忘记

你们回到相遇时

风有点湿润

一见钟情

眼睛里好像

也起了波澜

此生不再忘记

四目相对

迎接生死

胆小的代价

爸妈在夜里的争斗

比白天还要可怕

狂咬乱啃，摔跤挣扎

胆小的孩子瑟瑟发抖

生怕发出动静

或许是他的胆小，被发现了

不久之后

爸妈会送他一个勇敢的弟弟

专门用来

磨砺胆量

我说的是爱情啊

追公交车的人
能看到车的时候
已经丢掉了一段生命
追一朵云的人呢?
那朵云带我越过极夜
让我相信一切美好
都能从白
显露千般颜色
但我在青春里
还是跟丢了那朵云
再追上时,她已经
换了发型,换了口供
眼含着冰霜
那时最后一面
她正在为大地摊开皱纹
化作一场大雪
来不及挽留
来不及思念
只看到最后一段生命
融化成草绿花红

姜糖女孩

我喜欢的人类
都有小动物感
喜怒形于色
眼神干净　人味微弱
像深山里的小鹿
能删除人间的臃冗

而你是人类里我最喜欢的一个
总喜欢惹哭你
好让流下的泉水
流过我心里的荒漠
淘出沙子里最大的一颗
分开往生的河
你我还能在岸边相遇
那时你还有几分羞涩
春天都会落在
我喜欢的地方

睫下忘机的齿轮
浇筑成动情的长堤
加固春天的约定

防止花朵的波澜溃散
就像你冬天设计的书橱
能安置我秋天的故事
也能安置
你春天的故事书

病

电影院的幕布像是老中医
面前再怎么惊心动魄的顽疾
也惊不起脸上的涟漪
没见过世面的观众
啼笑不止、悲喜交集
都犯了生活病
他们需要这个隔离的病房
来体验生活外的
呼吸急促、双眼通红
生活的玄修非黑即白
需要一剂更刺激的光影
脱敏生活的凡胎
这种不治之症
不能治本
也难以治标
只能让浅浅的悲欢
放进疗程
养着病一起到老

茂　霖

你立在狮子山上
向姜糖味的云彩
讲述童话和糖果共同的甜味

鹭鸶在你的画纸上起落
小鱼被你的眉尖吊起
狐狸、小兔和豌豆种子
蹦蹦跳跳地从你爱笑的眼睛
掉进收藏雪人的小手

天生的菩萨心
把几颗小行星锁进书包
嘟着小嘴　省下一小口彩虹糖
准备独自一人
把侏罗纪的小恐龙抚养长大
再教会恐龙宝宝
如何修补火山和星星的伤口

风吹来,你就和竹林
一起摇晃
露出满兜的揽山月和流花溪

一口口让人类

把爱过的世界

再爱一遍

唐刀书

我有一把宝刀
龙纹传承太古
锋利来自唐朝
远道而来的乌木
能藏起雷霆震怒
也能祭出
大江的波光
尽管纹理从时间
第一次折叠时
就已经锻打命定
但仍是不知披靡所向
直到落刀在神木将军山旁
被窟野河开刃
夜夜滚烫
持刀的我
像北斗灼烧河床
在满是媚骨的银河里
成为一介武夫
开刃远古的河脉
打磨锈蚀的脊梁
焊接着
时空永不愈合的裂骨

我本是

不周山倾
天覆西北　水填东南
衔烛金鳞劈开混沌
踏破北天山和南天穹
借河图星轨敕令星宿降世
云篆为辔　山骨作镫
行云千峰的仰视
布雨大江的表情
卸下皮囊　献上魂灵
蹈周天子的赤水和昆仑丘
将众生的秋气边界划定
调教了五百年的冥顽春风
看到土芥还敢擅自沉沦
以风雷为笔　抽山脊为锋
天地为砧　日月作锤
将晚霞锻打进山岳江湖
拈起平平仄仄声
头枕群山的韵脚
尾扫东海的海平面

我　　问

我问电工
木工、瓦工都是夫妻档
为什么只有你们
独来独往?
理清线路
和理清感情一样
都是人越少,越清爽

我问电焊工
为什么买这么多冰棍带身上?
一支买给女儿
剩下的随时涂眼睛
苦活的火气需要不断用冰
和女儿嘴里的甜,矫正
才能让生活
不再滚烫

我问卖鱼人
为什么你现在只卖鱼不杀鱼?
老母亲得了大病
我没有宽阔的门路

只有狭窄的慈悲

我问诗刊编辑
为什么诗要在四句之内定生死?
注意力稀缺的年代,诗这样
人也一样,一个人
如果连说四句话都没有意思
对方也会不耐烦,除非
他爱她,但是
对于大多数人,即便有爱
也不耐烦

第二辑　面南墙

渔樵问对

樵夫大哭
刚手植了一株
深爱的树木
就等于给这个
变化是唯一不变的规律森林
送去一个人质

渔夫大笑,说
你倒是像规律的俘虏
看我俘虏的规律:
只要有足够多的饵料
我能钓起嘹亮的太阳

从渔获经验看
太阳和鱼很像
放在钩子下和钩子上
能让你发现
时间的浓度不一样
树木和斧子也很像
放在生命里和生命外
能让你看到

一段和一根不一样

鱼来到世间不是为了躲避钩子
树来到世间不是为了躲避斧子
人来到世间,也不是为了顺应天命吧
诘问了千年,渔樵似乎问对了问题
无数个答案成双成对地流淌起来

"李亢艺术奖学金"之来由

在传说很灵验的寺庙
捐香火,雨落淋铃
佛法无边,被功德笼罩的大和尚
光头上,光芒万丈
听到迟暮的游客哀求着借宿
大光芒唤来小光芒
递去了,满是风骨的竹杖
佛号开启:你不属于这里
那,应该属于哪里?
白发的仓皇
还是被庄严的夜色
赶下了山
光头上升起了
一种魂不守舍的亮

寺庙果然很灵
应验的消息传来
下山的游客心脏病发作
已皈依于医院
他确实,不属于这里

醍醐灌手,抢回了慈悲

像委屈的孩子在妈妈怀里

抢回了哭泣的理由

自己叩起断裂的风骨

把自己赶下山

从此,世间多了一个

香火味的奖学金

也是从此

相对于二手的信仰

我更相信残缺的艺术

送神出厂的木匠

太湖里有一个冲山村
这里的每一个木匠
都能把观音
从树桩里救出来

他们在欲望里睡去
在宿命中醒来
用凿子、锯子和太湖的波浪
念经,求每一段木桩
醒来,保佑自己变成观音的模样

木匠能生产神像
诸佛的化身不成了自己的孩子吗
难怪每天都有信仰暧昧的信徒
从缺少奇迹的四面八方
来到造神者的道场
一边讨价还价
一边虔诚地等待神佛出厂

信徒们从这里
批发许多观音像

东去普陀山,开光
再从观音的道场
一路向西,零售信仰

木匠在没有订单的时候
也会怀有莫名的信心
去观音的道场
一边修复观音像
一边要求观音
修复自己的人生
顺便照顾自己的道场

为什么木匠会信木像
不因别的,就看在
东海的怒涛
和太湖的怒涛
也一样

入　　冬

草木在这时失业了
它们的薪水走向凝固
蛰虫的失眠症已痊愈
遁入耗时半生的睡眠
仙后座升入高空
高扬的斗柄西沉
彩虹藏进了外婆彩色的菜窖
游子在异乡开始怀念童年的甘蔗
在母亲手中望穿秋水的甜

大雪偶尔会抓住空山
但会故意漏掉一声惊颤的鸟鸣
陪一种叫荔挺的兰草抽出新芽
在这个祭天空的时节
天空的棋子新换了一副
春分祭的太阳
夏至祭的大地
秋分祭的月亮
一同变得
温暖、大度、恬淡
蚯蚓结，麋角解

山泉水开始流动

去年这个时候

辞世前怕冷的亲人

正在温暖我

鞋　　子

三十个不同的身份、职业和头衔
像迷宫一样安顿我的三十年
迷宫尽头是个命运的商场
那里的鞋子常年打折
自由和束缚买一赠双

为了防止无路可走
三十双不同的鞋子
出现在我的鞋柜上
每一双都能带着我
走不同的路
去往不同的远方

只有在赶路放缓的时候
才能听到鞋子的紧张：
最好丢掉手里的地图
和多余的脚印
它们和理想很像
行路时发挥的作用有限
却常常暴露出无助和迷茫

批判老师

学生时代
批判一些老师
人精、圆滑、绵里藏针
写成文章批评
却被老师笑纳

后来成了老师
称赞一些学生
睿智、奇葩、伏龙凤雏
发布公开表扬
却被学生璧还

究竟是什么川壅
击溃了两岸词语的津渡
究竟是什么信口
开了上下游褒贬的河流

当代年轻人的圈圈

当代年轻人的生活
是个圈圈
为了赚一点谋生的钱
赚到了意外的心理伤残
再花光钱
去医旧的病痛
又要去赚新的伤残

当代年轻人的就业
是个圈圈
男孩子跑外卖
累了刷直播
女孩子做主播
饿了点外卖
社会的永动机
滚滚循环

偶尔也有年轻人
会给圈圈一点期盼
他们带着虔诚的信仰
往返寺庙与彩票站

功德箱里扔了两块钱

跟佛祖要了两百万

选　　美

做过几年艺考评委、
选美裁判和选角导演
发现所有的选拔规则
都很雷同
一些人负责美
一些人负责丑
而我本属于一些人
又不属于美丑
我的工作是经过人的肤浅
定夺美之下值得招摇的本钱
确定花必须要能摁成种子
种子又必须能催生成花

我路过无数个人
用美贿赂人性
为了形式删除内容
我也路过无数条路
不能走人只走人情

美人很近，丑人很远
今人很远，古人很近

审美了一千零一夜
终于患上了审丑强迫症
便开始在记忆里寻找内容
直到最后一个蒙面人
从洛水姗姗而来：
如果花儿败了
难道花瓶有罪吗？

阅后即焚

童年时把童年弄丢了
我开始责怪自己
直到成年
才发现
童年一直没有丢
童年不属于我
我属于童年
后来童年还是离开了
我成了童年
留在世上最后的遗物
此后的人生
不过被童年的所爱
和童年的所恶,困住
人生也不过是把童年
再经历十遍
以婚丧嫁娶
以生老病死
以怀念的一生
以激烈的一生
以背后悠远的叹息
叹息是遗言的最后一句

切莫回望

阅后即焚

关闭一次平行时空

上了几周线上公开课之后
我发通知,去教室上课
顶着娃娃脸的我,很方便
猫进学生里,体察"民情"
来自各专业的学生
抱怨着作业和老师
我也跟着唱和
十分动情

一唱一和里
教室里衍生出了
两个平行宇宙
我又多出了
一种身份、一种人生

上课铃快响了
我犹豫地走向讲台
我知道只需要几步
宇宙便能坍塌压缩
我步伐轻快
瞥见有人盯着我脸色将变

于是在距离讲台三步远时
我决定阻止这场人为的灾难

转身走到门外
我绕到后门,吹起口哨
和刚才的知音打招呼:
这节课没什么好听的
恕我先行

另一个我,内心沉重
躲进临时编辑的通知:
老师突发意外
课程调回线上

我哪有什么意外
只是又被赶回了自己的时空

亢　　奋

前半生喜欢过白天
面对的大都是白色
试卷、白手、白鞋子
也偶尔遇见黑色
比如污渍,比如黑枪
但马上就会用白色擦除:
橡皮和白手套

后半生喜欢过黑夜
面对的大都是黑色
皮包、黑料、黑西装
也偶尔遇见白色
比如煞白,比如白发
但马上就会有黑色填满:
墨水和黑名单

前后半生的中间
是一个匆忙的线上会议
因为突然停电
正在争吵的电脑
变成了一面黑镜

我顿悟自己面对的只有自己
色彩斑斓里的黑色倒影
一瞬间会议重新开始
消失的镜子把思路瞬间擦除
我好像又卑又亢地过完了一生

如果有轮回

嘴巴吃下鸭舌
胃吃下牛肚
肠子吃下羊肠
人的内在
被动物的内在覆盖
只有外在的皮囊
还标榜着人

如果有轮回
往生是禽兽的人
今生吃下禽兽的时候
也算灵魂和肉体相遇

如果有轮回
或许今生苦短
缘起前世苦长
往生将穿着此生的短
此心的长

如果有轮回
心里装着古人的经书

穿戴今人的衣冠
还是应该穿戴古人的衣冠
今人的心肠

一直在说禽兽
说的好像不是人类的事情
可是,能说禽兽
才是人说的事情

身　　价

创业起步的时候

我从厂房、别墅的推销电话里

打量我的身价

后来,创业更有起色

游艇、飞机推销的轰炸信息里

我又不断涨价

再后来,创业失败

融资贷款的短信里

被默认为,既抬不起又扶不起的

是我的跌价

自始至终,我像个菩萨

一动不动

却有了万千变化

实际上,比我的头衔和成败更久的

是跟踪了我五年的销售

从卖健身卡到卖飞机,不停换行

她信心满满地给了我太多

关于我能成功的成见

我很惭愧

最终也没能

给她提高一点身价

均　　匀

飞机上
看万家灯火
在时间和空间上
是不均匀的
思念的浓度
在出发和抵达之前
是不均匀的
不均匀的还有
财富的分布
激情的烈度
生命的质感
快乐的浓淡
甚至是很多规律也要区分
不同周期,不等条件
宇宙俱不均匀
直到抵达之后
我和你的爱情
平均的苦
均匀的甜

爱 情 书

我只会在孤独涨潮时
潜入命运的海关
在另一个潮水退去时
铺开记忆的胶卷
瞒报几场邂逅
贩卖甜蜜的幻象
续上一段命运的蒙太奇
截取你的一段时间
销赃的人
擅长藏匿如露亦如电的保质期
我从丘比特
贩卖金箭和铅箭的草船上
偷偷借了一场东风
吹出一条走私爱情的通道
我的船虽然和命运一样单薄
但还是装得下一些痴情和失心疯
我虽然只是个偷工减料的批发商
但因为常常零售给芳心纵火犯
而被传为劣迹斑斑

最后的赶马人

一个聪明的赶马人

不会让一匹马

老死在马帮

更不会让自己

老死在路上

他们崇尚力量

坚信只有足够精壮

才能用苦难撬动星辰,才能用

攥紧的汗水咬合宿命的齿轮

宿命,是和厚茧一样

永远能找上他们的东西

赶马的人,虽不能搬动如山的厄运

但能让一座座荒山迎送森林

迎送一生青黄不接的年轮

年轮搬动了青年壮年之后

老去的故乡和长大的儿子

再没有一个

能识得这个

已经错过精壮的赶路人

或许只有那匹,从屠宰场

兴奋逃出,又被送回的老马
能认出这满面的风尘

广　场　舞

早上喜欢排队买打折货的人
晚上也喜欢在广场排队
安抚被打折的命运
就像急匆匆的临期商品
品牌荣耀和期限从不打折
只会打折一些营养和承诺
从不动如山的理想早晨
到排山倒海的促销黄昏
一生都在避免掉队

不让自己掉队的忸怩里
是既甜又苦的集体主义
倒像是舞在跳人
舞在扭动被时代打折的人
在排异身体里残存的青春
在驳斥血液里致命的高糖分
年轻时没有吃过甜
现在这么多糖出现在血液里
也算在总量上保持一致

更老的老人

年轻时没漏过人生的拍子
怎么老了一直掉队
幸亏老了学会掉队
才发现整齐是一件无聊至极的事

时代的节奏
把他们一分为二
时不时的整齐
安慰了生活里的掉队
时不时的掉队
安慰了过于整齐的一生

让泡沫成为美人鱼的秘方

写童话的安徒生

其实是在美人鱼的故事里

倒着写了一个

从泡沫变成美人鱼的古老秘方

首先需要一个泡沫

拒绝为爱牺牲

然后找一个王子

从他身上拔出刀子

然后忘记爱情

就能立刻变成

一条快乐的美人鱼

如果还想拥有美妙的嗓音

就要让不属于鱼类的双腿

变成妄念的药水

走回巫婆的药瓶

为了保险起见

还要回避

所有遇难的船只

绝不浮出海面

以防再遇见活着的王子

最好还要

淹没对海上世界的渴望
回到深海里
一边捏碎气泡一样的幻想
一边拒绝长大

诗歌写作课

爱情普及的年代
一百位学生
作业收上来
有两百多份爱情

有人写下了:
我的爱情
虽然一直是三岔路
但常常觉得路路不通

有人写了她一半的爱情:
恋爱的过去,是空气
只有未来才有分量
失恋的人
过去最有分量
未来是堵墙

有人写了长途跋涉的返璞归真:
明信片上
有少年时的樱花手绘
被失恋的泪水打湿

樱花经了十年,又开了
因为喜欢落花
所以喜欢绽放

在众多爱情里
我特别留意这三首,因为
诗之外,我知道
这三个人,在谈
同一场恋爱

考场是一个寿命集中器

考场上每次都能遇到
几个免俗的考生
或是不停地眺望
或是盯着试卷一动不动
或是写完姓名立即入梦

我最欣赏的
是一名每答一道题
就掐一次表的考生
像个得道的高僧
每念一句咒语
就慌忙拨动一粒佛珠
斩妖除魔,行色匆匆

监考官盯着一个指针
能看一个小时
时间的影子最有魅惑力
表盘外挣扎的生命
好像正在被时间
一秒一秒凌迟

每一份试卷都耗费了考生

至少两个小时的寿命

考场之外,他们更怕

用一段生命换来的分数

还将耗费一生

在这里,没有人能幸免

监考官一遍遍数着试卷

他们并不是回收寿命的人

你看他们的寿命

也被年轻时的一个个考场扣除

现在,又被这考场上的

一份份试卷,数了一遍

又一遍

门,虚掩爱情

我们大学的宾馆很简陋
关一扇门,所有门都颤动
当然,能让门颤动的
不只是另一扇门
还有年轻爱情的碰撞
梦想与现实的对峙

门卷起的风熄灭了梦想
遮挡的雨又庇护了现实
梦想更需要逻辑
现实存在就是合理
这薄薄的一扇
时光之门
能把厚厚的尘世隔开
门外是不朽的红尘
生生不息
门内是灼热的爱情
不眠不休

梦想是个神秘的词语
吸引所有青春期的注意力

却不给年轻人任何勇气

现实是个美好的裸替

送给人肉体操纵的灵魂

又推给人眼前的肉体

爱情的火花

换上哪扇时空门

走向哪个结局

取决于一同打开的门的数量

一旦多了,就容易堆成棺椁

门后的两副白骨

也会随之碰撞出淡蓝磷火

考场女孩

试卷一张一张

揾着她的眼泪

揾出笑声

只要她笑下去

考场就不得不进入她的生命

游戏就不得不传承下去

转进命运的磨盘里

考官监考考生

巡考监考考官

校长监考巡考

社会监考学校

互不信任的磨坊循环

诱惑每一份试卷都要填满

满,是一场考试的底线

哪怕重新被笔迹洗白

这黑的,也会变成

这白的留白

留白的还有小镇的站台

一个撕碎试卷的女孩

将脚伸向铁轨

又缩了回来

她是被谁频繁撕碎
开始在谁的边缘试探
又是要用身体考什么
被退了回来
是因为试卷过于清白
还是因为
等的人生判卷人
迟迟不来

或许自由更胜一筹

她殉情了

少年时我曾见过她几面

她会一边笑,一边露出

向日葵一样的牙齿

她酷爱读小说

哪怕坐在单车后座上

也会拿起书

让美好的憧憬

跟着疼痛颠簸

摇摇晃晃,哭哭笑笑

父母真怕她一生就这样度过

于是在她睁开眼睛之前

便把她嫁了出去

过了很久,她终于醒了

猛然发现多了几个待哺的孩子

和滥情的丈夫

一边删除她的人生可能性

一边撕碎她没读完的书

她变得异常恼怒

只用一口气

便跑到了高速路,头也不回地

奔向一百迈的速度
一个为家庭殉掉青春的
司机被吓破胆
把一世奔劳凑成的人道款
留给了她的负心人

我不明白
为什么她把小说
看得那么重那么重
宿命这么轻浮的节奏
高高浮起的生命想象力
是不是总在呼唤
重重品味自由的殉情者
不知所殉者谁
只知有情要殉
想起这,宿命的荒诞感
又沉重的几分
几乎压断了笔下的章节
我断定,多少
是她的命运压在上面了

在 工 厂

创作上开始无病呻吟时

便会去沉重疲劳的厂房

看高悬的吸盘

砸下成吨的杂念

龙门剪铡掉铁棒

鱼龙和悟空的断想

一代人肌肉磨损

两代人青春出账

从军多年的老爸,顾全大局

没有在战场上被子弹吓退

反而在生活的练兵场上

被勇猛灼伤

爱美的老妈,换上老板娘的身份后

漂亮的衣裳

不到雨天总也穿不上

工厂只有我,穿胜过雪的白衣

着白日的梦想,晃荡

没有人叫我醒来

只有用十年厚茧堆成的老工人

说起话来指手画脚

用很重的方言轻轻提醒我

小心身心染脏

看我走神,他大喊几声

跳起了比我还超现实的舞蹈

老妈笑着说:别去管他

外面能穿干净的机会

又有几回

最可爱的一个字

我问学生

在这个时代

什么是最可爱的字

声音不大却整齐:

拆

我们试试用这个字打量世界

先请你们把爱情拆开:

告白、约会、性

拆成玫瑰、戒指、晚安

拆出其中的童年创伤、荷尔蒙、情结

再拆,拆出父母、欲望、血脉

再用婚姻拆,用病历拆,用遗嘱拆

爱情还有多少可爱

你们说的还有一个拆

不是动词

悖谬藏着谶纬

全貌只在符号

荒诞的人世啊

禁不起用心拆穿

除非你放弃全貌

就像小时候

每跃入一条野河

都会有对世界浅尝辄止的沦陷

以前,为什么没有爱情

在古代
为什么没有发明
一个恰当的词语
来形容爱情
痴情人说起爱情
只有别离、相思
女为悦己者容
都在用距离和审美
来放逐爱情的所有可能

爱情本身也是一种放弃
你看哪一次爱情
不是放弃和穿过
全宇宙的无数可能性
际会在唯一对视的瞳孔

也有可能离别的相思,越拒绝
越强烈,越强烈
越要拒绝发明爱情

更大的可能

是世人知道

爱情是一个幸福的诅咒

想讲清楚本就不可能

我不能反对这个可能

更不能反对爱情

是它,让这个可能充满可能

如何让一个人充满四季

如果你想让四季充满你
只需要选择一片
被寒冬中伤的湖水
如何判断呢
那越升腾的冰面
水下越死寂
你只需要如打破初见的尴尬般
打破一层冰
跃入水底,寒冷是可爱的
会不求回报地赞赏你
直到你陡然感到一股炎热
残存的夏天
开始在你的血液里回光返照
疼痛的温差,像春梦破裂
在你的身体里
每一寸肌肤上
四季开始不断挣扎
于你自己
只像重演了一桩秋天的旧案

打　　折

壮游黄山时，因为打折

我买了把无用的楠木拐杖

被爸妈阴云密布地扔出走廊

"那可是楠木

千年不朽的珍藏

它的寿命将比家族五十代还长"

看怒气已经打折

聪明的我

瞬间又迸出了个

极有卓识的远见偏方

"没准后代出个瘸子还能用上"

话音未落

刚转为和风细雨的封建家长

便联手发明了

留下这个千年传承的充分理由

他们狠狠地将坚硬的金色打折成闪电

让我的腿接上传承

变成最后一次

打折的地方

清　　明

小时候最喜欢这个节气
有林间的清风和撒野的风筝
还有外婆煮得最硬的青皮
无人能敌，无人能敌的
还有这个时节的桐花和彩虹
常常在人世间栖息
像外婆美好且短暂的唠叨
叮咛世人要学会珍惜

长大后，也最喜欢这个节日
只有在这个时候
母亲可以开怀地
与再也不会唠叨的外婆
唠叨几句
母亲和我一样
不愿一直感怀不能陪我们活着的人
但是幸亏有清明这一天
让我学会
不挥霍爱正在产生的记忆

小满,听一株麦子的相思

大人只是
偶然长大了的孩子而已
而且大多数
只是装作成熟的样子
就像刚在谷雨时,吃出肚腩的小麦
为了偶遇东风
偷偷留起了鬈鬈的胡须
风确实着了迷,面孔收起寒意
忙把芍药改编成百步香云
将蛙鸣翻译成雨点地,尽管
不太整齐
风开始在小麦的身体里
欢快穿行,江河的水位升高
小麦又魁梧了一点
血脉里的绿色开始怀念
母亲金黄色的托举
作为家中唯一落地的孩子
继承了金黄的皇冠,也将继承
正在飞来的蚜虫
白垩纪飞来蚜虫的湍急
东风麦浪枕边耳语:

你才绿色出头,其实应该
晚几天再相思

游乐场的高手奶奶

孙女说不喜欢奶奶身上
老人的味道
奶奶远远地站着，面带微笑
看到孙女在海洋球池里睡着
奶奶飞快地借了香水
想在瞬移孙女前
遮掩一些
高手的味道

她确是瞬移的高手
发功的时候
是那么轻、那么轻
好像一生
从来没有重担压在身上
她抱着孩子
还能踮起脚走路
走起路，还能像
用脚亲吻地球一样

木墩子的流水线

木墩子花了半辈子工夫
进了一条大都市的流水线
用努力换来的流水
果然甘甜
他接来妻子在宿舍安家
一起用后半段生命线
与流水线无缝衔接
他热爱现在的生态系统
家人依赖他,他依赖流水线
流水线爱他,家人也爱他
这就像组长口中的工序
顺利就该奖,出错就当罚
不容置疑

木墩子的骄傲
是在洋气的工友那里学来的江湖话
虽然说出来可笑得像穿着女鞋
还大了几码
但是木墩子穿起来
几乎有点得意扬扬
直到有一天

这条线被剪除
像他最爱看的戏法
只是一瞬间
说江湖话的工友走了
木墩子的妻子和工钱也跟着消失了
一夜间木墩子长满了金针菇

木墩子痛恨自己
没看到流水只看到了线
他终于知道生活和流水线不一样
方向多了
就是没有方向

天山山脉有一段我的童年

月光淬炼成马的蹄掌

敲打着我踏断黄河的断章

百万只马蹄吞吐天山

折叠我童年的落霞

抵达我胜雪三分的雪莲

蝴蝶的初梦

搁笔在少年的长剑

压弯了锋芒闪闪的长河

和白芦翩飞的想象

孤烟携着沙海的素瓷色东去

幽谷里的歌谣

向载不动的鱼龙

借出花瓣化为鳞片

唤醒了岁月苍茫

嗒嗒的眼泪

驱驰九州的霜色

古道上石板和目光开始滚烫

在眼睛和耳朵里同时

滴落的声响和月光

越来越轻,和童年一样

越来越亮,和童年一样

练习春天

即使今世再无缘相见

缘分未尽的时候

还是会用梦来还

梦醒来在长夜

像落日睡在长河边

我还想用余生

继续练习那场初见

好让你想起

爱上我

自此生之前

项脊轩外

等梅雨,等燕子,等苔痕

等叶嫩花初,等梅子青黄

等冬天的伏笔

吹彻分别的秋天

为了再见你

我啃噬蚁动叶摇的思念

带着最后的记忆

又多活了一个夏天

闲坐的藤椅

不再摇晃你之后

便狠心扎根四季

成了当年的亭亭如盖

只有季风和我一起

最后一次听步履慢慢枯萎

拾起渡口的眺望

等轮回的你

想起，那年笑靥如海棠

手植枇杷树，心心念念

现在只有它和我

练习春天

雷 神 山

时间在这里
凝固成一块块愤怒
与天空的乌云
长久对视
洞穿滚落的雷声

疯长的仰望和山民
对多雷的石头山
因为怕　所以更加虔诚地
请来山顶的巨石
刻为神像

人造的神像
是个振奋人心的发明
既能避雷,又能祈福
还能保守共同的恐惧

岁月的回响恐怕是
加重了乌云的重量
东风又吹了口气
惊雷煮熟了

滚烫地翻滚

撞碎了神像

恐惧跑在山里

像滚落的石头

山民朴实的节俭习惯

没有让碎石像浪费

而是铺成了上山的石阶

山民的虔诚和恐惧

同时增加了重量

他们先踩着神像

把石头运下山

又踩着神像

把神像运到山上

先踩着石头

再敬拜石头

敬拜的时候

山上新造的

乌云和山下扎根千年的炊烟

都开始

从下往上叹息

从古往今奔跑

麟州秋思

——写在纪录片《杨家将》后面

你的名字疯长成动词

夜夜从窗缝爬上案头

揭开我满眼的风波

斑驳的漆色

请青苔的锈迹

唤回东海当归的候鸟

向窟野河诉说，家国天下

银河流淌星月光

漏掉我的乌篷船

脱掉格律和修辞格

我和你一样

把故乡邈远的鸡啼

堆积在案底

相信明日帆会把太阳升起

在天上掀起波澜

对我来说再大的波澜

只不过是

把你的名字写在水面

沉沉的桨声

爬上青黄的河岸

像一声叹息

还原失传的歌谣

跟着你手植的柏树

移一步,就到了梦中

风见过你的踪迹

梦知道一切

古战场传出的蟋蟀声

透过羌笛问我

衰草和枫叶

谁将是最先吹灭的红颜

秋风继续撕开冬天的瓦片

和春夏的苔藓

更加露骨地

完成抒情的一生

外婆只有一个问题问我

外婆问我在哪里读书
我骄傲地说:名牌大学
"饭菜够不够吃?"
她只有这个问题问我

我再大一点
外婆问我在哪里工作
我沮丧地说:普通大学
"饭菜够不够吃?"
她还是问我这个问题

一生没有吃饱饭的外婆
患上健忘症之后
常常坐在生命废弃的岔道口
一遍遍请路人转告
她为孩子们藏了点心

没有人理她,也没关系
孩子们不来,也没关系
点心过期了,也没关系
她会继续用穿不了线的眼睛

一针一针缝起往事

疼着疼着,就忘了

不小心的思念

做学生的时候
听老师说
作业没带就是没做
当听到这句话时
我开始低头、思考、沉默
他到底是怎么知道的?

做老师的时候
听学生说
没画到的就不是重点
当听到这句话时
我开始低头、思考、沉默
他到底是怎么知道的?

没带的就是没做
没画到的就不是重点
这个等量关系式
好像暗合了人生里的很多事
一时想不起要套用在哪里

直到失眠的夜里

我会无端想起你
是你在天堂
有什么要紧的事吗?
又为什么会梦到你?
我是你在人间
还未了的相见吗?

幸好,这两段经验
可以安慰自己
没带的就不是
没画的就不是
……

以倒叙的方式打开灰姑娘的命运

王子的求婚从口中收了回去
灰姑娘无从选择
一如无法摆脱被动者的身份
多情的王子还没有着迷
试探和考验还没有开始
慌张的水晶鞋也没有遗失
为一只鞋寻找主人更无从说起
灰姑娘的美貌
还没变成讨好观众的才艺
也不会联想母亲的亡灵
能不能化作仙女
为她置办一身欠缺多年的新衣
听到王子要举办大型舞会
她只是卑微如尘埃落地
没有跃跃欲试
只会在繁重的鄙视和虐待里
退回更远的记忆
那时她的母亲还没有离世
不需要魔法
她和灰色也没有瓜葛
在所有灰色的游戏里

她可以骄傲地

放弃或选择

上学的路上有座坟包

他们让我上学
从没说
上学的路上有座坟包
他们让我回家
从没说
回家的路上有座坟包
没有人比我更早到校
也没有人比我更快到家

上学的路上有座坟包
坟包用恐惧看我
观察了我童年的奔跑
我从不看它一眼
任它也跑得飞快
把自己跑出恐惧

大概是跑得太快了
我早早地跑出了童年
跑到了远方
即便跑得更远
我也不曾害怕一点

因为路过恐惧的时候

我会想起

上学的路上有座坟包

小　丑　鱼

沿街卖气球的人
看到一个衣衫褴褛的小女孩
盯着气球发呆
鼻子一酸
为她取下一个小丑鱼尼莫
在解开绳子的时候
全部气球飞到了空中
小女孩吓跑了
他怔怔地抬头看
静静地许了一个愿

他生在渔村
很清楚命运的砧板上
被宰的不只是鱼
为了拥有一个干燥的房间
取代修补多年的水泥船
他来到城里
贩卖轻盈的小丑鱼

他看到小尼莫
能一路向上游到云端

希望它能游过银河岸
黏在神的许愿池
提前带着他的梦想
在神的面前许愿

这片天空应该禁得起
鱼化龙的跃起
他不知道的是
多年前被醉酒的父亲
扔出船外的小学课本里
有一页讲的是平流层
小丑鱼和他的所有梦想
都会被拦在那里
直到爆炸

导 演 椅

在剧组坐上这把椅子

好像拥有了神力

抬手能让昼变夜

翻手立刻悲变喜

靠着这把椅子

还能掌握人间命运

随意切换爱意西升东落

相聚和离别

病死和生老

任性去改变观念的水位时

我隐隐担忧所有集权

果不其然,一次次敲门声

打断梦中的梦

深夜来谈戏的演员

带着艺术情怀

想为了更好的艺术丢掉自己

我请她帮我把椅子丢出门外

我只是

想造个真梦

椅子塞给我假神权就算了

你这个真会演戏的人

竟还想塞给我假的爱情

代偿心理

生物向来有
过度繁衍的倾向
士大夫绝种
太监代代传承

上一辈窄窗高悬
下一辈化墙成窗
前半生匮乏之物
将困后半生
上一辈富足之物
将困下一辈

食物的美味
来自油、糖、盐的过度
欲望的腻味
来自权、性、钱的逾矩
食量的过度
能换来自己的
狂欢和疾病
欲望的过度
能换来他人的

潦倒和不幸

只有爱情
不能过度
或许也不是不能
是不需要
一旦过度
就会从不足量的解药
成为过量的毒药

自动驾驶与纪录片创作

我的汽车，自动驾驶

载我走了十万里

和我创作的一部宋代人物纪录片

经过的路一样长

甚至一样，经历过

事故、剐蹭和追尾

最后出现同样的方向偏移

在创作时

我请所有学者紧盯史书

怕把尾款耽搁于几行文字

就像刚拥有汽车时

所有人都请我紧盯自动驾驶

怕我把重担

交代给几行重文轻武的程序

我不以为意

史书上认真活着的很多人

不也是被对错

交给几行断定生死的文字

车检工程师判断

程序很坚挺

零件的磨损和金属的疲惫

是偏移的主要归因

也就是时间的问题

再严谨的程序

也无力抵挡时间的冲击

在车上想到这些的时候

自动驾驶的方向还未有异心

命运顶着自主意识

梦想仍有一种定力

一路磨损着时间

一路收复着空间

在抵达汴京之前

过着行尸走肉的人生

第三辑　你是你一生中第一个活着的人

慌张小姐

慌张小姐很慌张
开的车总是撞
爱的人总是让
油价上涨的早上
吵着要加昨晚的油
买零点的账

慌张小姐没有完成业绩
今天被炒了
眼睛微辣、嘴巴微咸
扯走老板的墨镜说
不会忘记你这假装不慌张的眼

现在的慌张小姐
在被爱情劝退后
积累了一沓情债账单
因为她喜欢向人借一段爱情
如果没有借来
即认定那人
欠了她一段浪漫

遇到真爱之后
命运开始让她做自己
慌张小姐说慌张一次
平行宇宙就多一个自己
慌张的她不知道要做哪个自己

慌张小姐几乎忘记了
自己的慌张来自哪里
只记得小时候她的父母
一直将她扔给孤僻
对家庭只有逃避

后来她到处躲藏记忆
忘记了过去
终于也忘记了慌张
她不再说话
也终于学会说话了
她不再慌张
世界却慌张了起来

竖看横店

我在横店做导演
白天杀伐决断
以帝王的腔调发号施令
晚上成为道具被搁置一边
横店呢,多少和我有些相似
白天霸道地在时间线上
横陈中国众多朝代
把帝国们压缩在一个螺蛳壳
还不够,晚上还要压缩
天南海北的乡音
关内关外的脸谱
压缩的还有正史和野史
抖在时间里的包袱

表演路人的路人
乞求贞妇角色出卖贞洁的人
拿着最低微的薪水
演着最高贵的身份
增大一步登天的幻想
抖落宿命的密度
戏内戏外的床榻上

被光影分割的梦中人
横陈青春的肉体和苍老的灵魂

室外身着铠甲抵御严寒
室内虚掩短裙汗水淋漓
迈进迈出一朝皇城
和一夕棚屋的错落
所有都不会变,只会换位置
这里聚焦的只有王侯将相
绝没有白骨苍生
不信你看多少朝代遗风
还在吹着唯一的月色

无法确认一生见到的都是人
无法确认遇到的是真情还是表演
活在排练还是实拍
成王败寇的英雄事
被潦草地演绎着
真诚的秩序落在横竖屏之外
笑脸和愁眉自成一脉
共享平仄

竖起来的天下这一统
使我陷在导演椅
从来直不起腰
真正的我下落不明

倒叙丑小鸭的童话

洁白的天鹅落回冰面
变成一只丑陋的灰色鸭子
她看到了美丽的天鹅
抑制住内心的向往
穿过激烈的思想斗争

穿过美丽的春天
从冻僵的冬天苏醒到秋天
从快乐的大自然苏醒回痛苦的现实
忍气吞声,在一个农家小屋
被鸡和猫排挤
来到芦苇边
好友大雁从死亡里活过来
子弹退回猎枪
她收起对野鸭群的礼貌
几经风险,终于回到温暖的家中
童话到这里似乎可以收尾
但是没有想到,家里人的
欺辱和排挤比外面的更刺骨
偏心的妈妈决心把她赶走
丑小鸭的难过越来越大

丑陋的身躯越来越小

终于回到一枚
因看不到明天
而不被歧视的
普通蛋壳中
生命方才开始
从破裂
走向圆满

其惟春秋(一)

干枯褶皱的叶子
落到水面
舒展的动作
惊醒了梦中人

鸟群一头雾水
成为白云里滴落的省略号
它们又比任何人都明白
一片叶子走神的样子

叶子也会缩进茶水里
煮出风雷
提醒喝茶的人
发现这世上的云因何而起

扎根的雷和落跑的云
每天都在酝酿和挥发
而为水所滞的你
人生只有一次
相思却被无数次溺毙

茶叶被沸水
掀开了虫洞
没有时间和空间的穿越
只有即将坍塌的孤独
你掩卷南山，像山
不可察觉地偏了偏脸

落叶难以搅动
稠密的影子
天空一直
未等来栖居的句号
你含烟波的眼睛让我
终未免于水厄
最后一次看一片云
就是最后一次想起你

三把斧子的寓言

没什么好解释的
这是一个用虚妄
教会你不选择虚妄的寓言
和你的大多数人生情况一样
出现了两个更好选项的时候
你要去选择最真实的那个
虽然人生,往往最后得到的
也是如此

好好使用铁斧子
不要想别的了
斧子想成为别的
要交更多命运税
你要在交税前看穿
命运底色的华而不实

虽然拥有铁斧子
能让你的苦难一分为二、二分为四
但是也可以用它
砍断诱惑和规训的藤蔓

直达本质

实际上,向生命的河流
要回丢失的铁斧子
也不会那么容易
河伯更想给你金银斧子
置换铁斧子后半生的薪柴
挽救河畔的树木和流失的水土
挽救自己

那锋利如宿命的铁斧子
最好打捞不出
泥沙俱下、吃土多年的老河伯
为什么会有金斧子和银斧子
这是这个寓言的隐蔽角落
只有我知道

因为我曾经在命运的水边
看到铁河伯
也曾掉进命运的水里
爬上来三个河伯

金河伯、银河伯和他自己
他让理想向下游流淌,最后选择了
软得爬不上岸的金河伯
丢了自己
丢掉自己时,一条河掉入河中
金的河,银的河
都打捞不出来了

能打捞出来,便不再是河
其实,根本没有这条河
你也无处打捞斧子
像无从打捞命运一样
也不曾有过金斧银斧
不曾有过河伯
只有这个已经干涸的寓言

免俗(二)

少年时在池边顾影

发现一条跃出水面的鱼

我用青年理想的镊子捡拾起

珍藏在老年时饮了多年的水杯里

鱼的鳞片美得很有少年感

像是东去大海的龙

我珍视它如珍视自己青年时的羽毛

每天为它浇水,像等待

一朵花,再舒展一下

鱼一天天消瘦下去

毕竟不是俗世之物

再大的池终究是一种束缚

或许,如它托梦

让我直接食用也好

总还能让寸断的肝肠

借着它的尾鳍

弃俗腾空

可惜,眼角有了鱼尾之后

没再敢吃鱼尾,所以
我至今未能免俗

奔马的眼泪

基因里的傲气

已被无数道闪电磨灭

如果幸运的话

下一代将生来惧鞭

虽然站着睡了一辈子

但没有一次立起骨气

也没有从自己的梦里醒来

直到身后的写意,被风和乞讨的手指

卷成靡靡之音。忙于赶路

误伤无辜的过路犬族

临死前的哀鸣

也常常唤醒奔马心中的哀鸣

谁又不是路过人生时被置于无辜呢

奔马就这样坚持了一生

流下唯一一次眼泪

是看到了一条崭新的牛皮鞭子

不是想起了疼痛

而是这鞭子的皮革

曾经包裹着的灵魂

是小时候

一起驰骋草原的玩伴

记忆的温度

——写在公益纪录片《星光的方向》前面

过去半年

我们在跟踪拍摄自闭症儿童

开始的时候

我以为没有别的

他们只是孤独

他们是来自星星的孩子

星星的光亮似乎来自许多年前

让眼睛感受到的光是迟钝的

他们就像丢了钥匙的门

这就是这个世界的不完美部分

他们的父母是压力最大的群体

他们是我们的百分之一

他们的父母就是我们的五十分之一

他们的父母和我们的父母一样

因为自己的孩子在孤独里

他们要承受更大的孤独

日渐佝偻的背

粗糙苍老的手

长长短短如同这

走不尽的路

写不完的诗

有人说他们从其他星球来到地球

需要一个好导游

自闭、孤独,这些字眼对于这些孩子本不公平

他们不是只在乎自我,也不是封闭自我

更不是愿意一生孤独

谁会愿意呢?

我曾残忍地问过现场的摄影师

人生是一张单程票

如果你以后的孩子是星儿

这张票,你是想补,还是想逃?

我们透过眼泪

透过几层镜头玻璃

看到孩子们清澈的眼睛里

映着整个星空

他们有记忆,记忆有温度

他们只是迷上了迷路

他们每一个都是能藏下整片海的露珠

他们活在醒不来的童话里

可每个童话故事都有自己的烦恼

小美人鱼没有脚

白雪公主有个太自恋的后妈

青蛙王子大多时候长不大

睡美人一半的时间都没有醒

有人说这样故事才好看

在这里没有人说

你也会因此拥有意想不到的人生

童话最终还有结尾

可是,有些孩子注定只有开头

黑夜一遍又一遍掳走长街的荣光

多年以后他们仍然认不出　那年芳菲

不再记得他们逐渐衰老的家人

以长情的拥抱亲吻他们

自由而清浅

他们的妈妈吻着车票说

童话翻到最后

可能有机缘,可能只是泡沫

但都是五光十色

他们生日蛋糕上的蜡滴

是蜡烛滑落的泪

在他们最伤心的时候

人们闭上了眼

当所有的窗户都闭上眼时

命运久久等待的

除了命运自己,还有谁呢

他们只能一遍遍寻找自己

在远山和落日之间

人,生而孤独

他们只是我们被浓缩或稀释后的自己

如果将孤独特质视为人类特质的一项

将孤独症视为我们从中学习身为人类意义的老师

而不是看作一个关于孤独的疾病

人类或许才能不孤独

长夜将尽,光亮不远
我常常想起偶然拍到的
那一个长镜头
一个孩子稍稍向另一个孩子俯身
为他采集一束鸢尾花

在开机前一夜的梦中

水是最难控制的
相对于儿童和动物
成了导演,我偶尔
幸运地溺在水中
被水所赋形
像失控的儿童和懵懂的动物
进入电影的"梦中梦"

在梦里,我可以
漂浮在深夜的岩石上
走进神话里的迷楼
蜡制的翅膀熔化出了慢动作

走走走走走位位位位位
开开开开开机机机机机
杀杀杀杀杀青青青青青

杀青后直接留在青史
山海星辰,社稷江湖
轻轻放下便是繁华的九重天
梦里使劲用梦游的眼睛一眨

继续开启一镜到醒的长镜头

没想到,半个月前
一次大意的剧组面试
成了一枚定时炸弹
一个没有时间观念的场务
带着壮烈的敲门声
将走在观念水位里的身外身唤回
把我牢牢钉在昏睡的清晨

一位写诗的"白衬衫"

今天,"白衬衫"从他诗里
所写的晨霭中
坠落,工地上烟尘四起
工友叹了口满是灰尘的气
小规模的荡气回肠
他的白衬衫已脏得不堪
没有半点白色
还能叫白衬衫吗?
可他的安全绳一点也不安全
大家还是叫它安全绳

"白衬衫"爱写诗
但是写的诗不像诗
还能叫他诗人吗?
应该能吧
毕竟他过的生活也不像生活
人们还是以为他生活着
他也还是生活着

因为喜欢所有色彩
所以喜欢白色

随时能变成一个画板虚位以待
他工作的地方,三面都是天空
这次,他作为色彩于今生的悲喜交集处
从云中坠落,最后一次
活在绚烂和诗意的荒年

算命先生说他命里有四段婚姻
其实他不曾遭遇爱情
只保留了四段当牛做马的经历
虽然高度近视
他也常常能发现世界出错了
能清晰看到造物者的败笔:
比如牛马到了高空
就能轻而易举地看到牛头马面
轻而易举的程度
就像没脚没翅的运气,脚步一起
它就远走高飞

狗　学　生

初见时
它偷偷溜进我的课堂
正襟危坐，半晌
完成了我有教无类的教学实践
它倾听的时候
有学生也观察了它同样的时间
学生说它叫庆杰
这么严肃的名字
应该撑不起故事的小情节
甚至撑不起一个有波澜的短片

几个月后，领养它的学生控诉
这只狗的灵魂很不高尚
它醒来就开始嚎叫
尤喜在人睡后碎语
疑心病很重
从来不吃放置好的食物
只喜欢人口夺食
除此之外，还喜欢撕咬跑不快的小猫
绝不会有"救猫咪"的那种狗格
它硬生生地把狗生

过成了一场低俗斗争
我打断控诉
这就是所谓的理由?
她闪过磅礴的悲怆
不是,主要是
我的男朋友也很狗

这个狗学生
被她的男友吃掉了
在朋友圈看到时
我吃了一惊,这竟是
与我有一面之缘的狗学生
最后的归宿

我 的 佛

三生有幸,能陪着这一生
最重要的两个女人
分别去了西域和东海
一个是少年时生长过的地方
一个是老年后将老去的地方

陪我去东海的
是深度参与我未来的人
同去西域的
是深度参与我过去的人
一东一西
没有随各自参与我人生的内容调换方向
只因担心云霞,会在西域边疆
怜悯不应去怜悯的旧时光
而天真无求的姜爱,只会
在观音道场,祝菩萨平安健康

我呢,东西走来
已经成了既取西经又取东经的三藏
不会沉浸在过去和未来的远想
更不会去跪拜祈愿,因为

我的过去佛和未来佛

从西走到东

一直在身旁

向前撤退

我是一名导演
观众常常责备我
你要大步向未来
而不是在影像里
退回生活

美与爱是天然的
风格只在人工
对观众来说
一种时间让人联想不起另一种时间
一个导演让人联想不起另一个导演
才是值得称颂的浪漫

做不好生命的导演
退回演员
再演不好
退回观众　就这样
我几乎在生活里退出了生活

我转过身去
偶尔去捡拾一个慢镜头

向向向向向
前前前前前
撤撤撤撤撤
退退退退退

一卷胶片展开
一节生命的抽屉被拉出来
只讲了一半的故事
面临冲印或丢弃
就像很久以前
我在一场爱情戏里回头
向未来看了一眼

这一眼
是多年以后
将会想起的
与演员和观众对抗的
那个遥远的场景
我站在生命的单行道
回忆折射成一把尖锐的镊子
而我成了时间里再也显不出的胶片

宿命的战术里
光与影的颜色
近似宽恕
又像刚醒来的梦境

将 进 酒

人生如海
打捞我的,是一杯酒
我真有点醉了
怕再多喝一滴就会醉下去
我数着一滴和另一滴的刻度
喝出了一滴和另一滴的区别
这个句子结束的尽头
酒开始蒸发

酒量八两半斤
五指三长两短
这里度量的参差拉不出俗世代沟
与酒桌之外的芸芸
才真是性情的本源

这个杯子里可以藏天空
也可以藏海
人性是一把善藏的钥匙
用舌头打开每一个酒杯
都会在眼睛里,绽开
纯真的云彩

都会在胸腔里,汹涌

古老的波涛

再来一杯酒

我需要再醉一点

才能更想端起清醒的责任

听到清醒

你们看

酒杯里的每一滴酒都伸长了脖子

为作为一颗粮食的童年时代

打听涅槃的事情

我梦见和佛祖一起消夜

他向我显示神通

不喝酒也很混沌

我端起一杯打破时间和空间

拈杯微笑

缩成了一个人的禅

醒来之后

叩拜打捞我的酒杯

我数着一滴一滴酒
那是我的菩提珠子
在先知的大树下
一滴一滴
数着我和我的句子
试图理解命运

酒把我喝透了
我差不多就成了酒本身
我是空间的侧面、时间的间歇
宇宙和你们的见证者
被酿成一杯酒总得继续喝下去
和历史里的很多杯酒一样

感谢你们的每一个酒杯
让我成为酒水中比较锋利的那粒种子
可以将风花雪月分成在座的
一二三四五六七八份
人均八分之一的乾坤
一句诗中酿世界
半杯酒中煮山川

是我携我句子最后的责任

我终于可以醉了

最后的城市马帮

山地上,一匹匹骡马
各自背负着一座山
去翻另一座山
搬运的次数让西西弗斯后悔
当初救人的代价
最初与人类相遇
骡马或许也只是见义勇为
想帮助人类这个羸弱的种群
一代代被曲解初衷
压榨的只剩下荒谬的命运
一步、两步、三步
宛如医院旁的小巷里
老母亲用茫然的眼神
背负着破碗
乞讨孩子的救命钱
一座、两座、三座
最后一座山后走向我的时候
我的心惊颤了一下
在马帮
果然没有一匹骡马可以老死
这匹枯瘦病弱的老马啊

它无助地抬头

看向山路的陡坡

像一位老母亲,听到医生

宣判了儿子的死期

人生的恒河

你的一生

要无数次踏入这样的河流

因为足够的圣洁

才洗得了足够多的污浊

也因为沉淀足够多的污浊

才证明足够圣洁

长远的河流,源于地势高低

像不朽的爱情源于参差

茂盛的树冠来自根系

对地下黑暗的汲取

权威的医院像是恒河

既可以打发死亡

也打发被死亡废弃的身体

对于明天,我们每天都毫无经验

对于流淌,人间的眼泪

是充沛的恒河

终会进化成命定的盐

叨天之幸
——为纪录片《平山海》作山海词

我路过,风在摇动一片云
鱼龙唤醒十年秋,一枝雪
在我琴弦上漂流
你就像,深海深情的彗星
天上天真的眼睛,将江河漫入我的银河
让鱼群和辰星不分你我
风不曾见到山海平,雨不曾梦见云睡醒
愿余生早安与晚安,晨午夕夜在你身边
倘若山与海不相逢,海海荒漠了无剧情
浮生三千须弥山巅
远山雾失去了岸
你路过,云朵落下化长河
《诗经》冬雷隐秋色,却不曾
见岁月倒序开落
我知道,时光有无数形状
因为你就是道光,会让冰川纪沐浴暖阳
会让万里星辰披在身上
我终于见到山海平,也终于梦见云睡醒
余生每个早安晚安,晨午夕夜相随身边
倘若山与海未相逢,海海荒漠了无剧情

青山沧海轻舟遥遥,遇见你便遇了岸
我曾如万里浮云散,一心想行江湖百川
如今只求每个早安,山海共赴每个明天
从此删除青蘋主调,副歌颉颃关关嘤嘤
山海词拨雪燃昼灯
和风袭任他几生

当泰坦尼克号从冰山上撤回

如果让泰坦尼克号

从冰山上撤回

会更有悲剧味儿

画家杰克从冰海中苏醒

和爱人罗丝爬上邮轮

远离沉没的爱情

船上的混乱归于宁静

人类本性中的善与恶

尊与卑也不再分明

混在一起其乐融融

这时杰克带着罗丝

离开下等舱的舞会

他们瞬间相爱

感情逐渐降温

他开始为她画像

越画越虚无

然后回到甲板上救了她一命

但罗丝还是打算投海自尽

直到见到了未婚夫

未婚夫的虚伪和丑陋

在她的记忆里擦除

他们一起下船

绝望随着轮船的黑烟

被吸纳进了烟囱和煤炭

这时的杰克

在码头赢得了一张船票

开心地准备去往命运的下等舱

一阵兴奋之后,他陡然发现

自己还没有开始下注

现在,穷小子不可能认识罗丝

更别说跳上人生的甲板

再救她两命

他一个人回到了码头上

为人画十美分一张的肖像

再回到蒙特利的渔船上打工

继续喝着廉价的啤酒

摇晃着一个人的梦

秘　　方

我被爱情的疯狗咬了
心跳加速，思念成瘾
成了丧家之犬
和编《春秋》的那个老人一样
开始周游冬夏寻找药方

大黄十钱、土鳖虫七只
忌风花雪月
蜜蜂的长针和蝴蝶的双耳
是药的引子

因为狂犬仍在脚上咬住不放
神医把两味狠药加入秘方：
第一场擦亮冬天的初雪
第一抹撕开秋天的初霜
以岁月煎服之
几年后，思念的煎熬之法
锁住了我的一只脚，停下的脚步
终于让我的灵魂脱离肉体
自愈的及时和苟活的我
让那位名医更有名望

盛大的恩情

家融化了
北极熊无处落脚
她为它们
继续放弃乡下垂老的双亲
捐了一冬天的房租
关了一夏天的空调
在大城市卖力地
养着老板的情人
和不朽的饼摊
又经历了多年平庸的等待
和社会齿轮的撕咬
终于成了沉默不语的老太太
才知道城市乐园对老年人免票
是因为
知道他们已得不到什么快乐
快乐的成本早已淹没海平面
还在一路高涨
她终于无处可去了
只求有个北极熊
来救救她

大雪太湖书

去到太湖一千次

发现那里时时刻刻

都在蒸一锅鱼

蒸腾的雾霭

煮起的风雷

水燃烧起来

和天倒置

我喜欢从传说的底下穿过

近距离听西施和范蠡在上方漂泊

在一支曲子的平缓部分

也曾听说

美人计告成后

归来的美人

腹中已怀有夫差的孩子

既是英雄之身

又是戴罪之身

寒冬至此

大雪是命运浪漫绝望的投机

鱼群托起命格奇特的少女

水族涌来

天空的蓝掉了一半

太湖升起怒涛

或许能冲破爱的堤防

声音五味杂陈

余震在千年之后

蝉,想听冰的事

千山万水是伏笔

经秋过夏姗姗来迟的你

看不穿前生的回忆,参不透今世的菩提

你我人间枝头相遇

镜花水月向死而生,向生而死

古诗里蝉化七日,满腹相思,一如我读诗读你

晨钟暮鼓里孤寂得若无爱情其事

在这一世像旧相识

情思如胭脂尽,桃花姗姗来迟

夏秋的怀念对你来说都太奢侈

对我离开的霜雪遥遥不知

岁月漫长总有一声嘶哑坚持

浮生如烈焰起于海面的城市

伸手摘月的一剪微光,同冰雪奄奄一息

仍与星辰一同寻觅,十万雪山可曾来得及

我从此不敢听冰释

卜卦三千也求不到欠你的情节

和春秋从不改的结局

鸣声千千结,想起最后一次

与少年的你

听到蝉鸣以为听到夏天的宣誓

成了这个冬天最后的秘密

写给一条已经干涸的河

小时候
我讨厌撒谎的人
但如果是你
我讨厌坦诚的自己

长大后
我讨厌荒诞的人
但如果是你
我讨厌理性的自己

后来啊
我讨厌常迷茫的人
但如果是你
我讨厌清醒的自己

而现在
我讨厌信命的人
但如果是你
我愿背叛宿命的自己

生产奢侈品的导演

让人死得好看一点
还是难看一点
这是导演的特权
也是导演的悲剧
当控制成了惯性
电影杀青后
自己无动于衷的宿命
便失去了监管
在片场近似于王权的天命
如果不能顺利兜售
揭示宇宙、唤醒心灵
情节的组织便化归荒诞
光影忽明忽暗
阴阳了人生的忽明忽暗
现场设计的私人嗜好
是奠定电影奢侈品的针脚
如果不曾经历贫穷
很难理解
奢侈品是给穷人设计的
真正奢侈的人
都不会在意这些

来自渔村的建筑工人

他日日钻孔混凝土
混凝土的鱼群
夜夜钻孔他的肺叶
像长矛持久地抵住胸口
继续忍住一声疼,切断钢筋的命运
他能从水里消失
进入鱼的梦中
变成少年时驰骋大海的漏网之鱼
游到中年还是游到了砧板
只能从泥泞里堆出一副皮囊
闪着砂石的鳞片
和其他水族互相搬运汹涌的疾病
像海浪搬运没有骨骼的肉身
想起那年的渔船上,起风了
女儿哭着说不喜欢大海
他只是笑笑
就像他哭着说不喜欢下雨
包工头只是笑笑

宝 刀 书

小时候
我有一把宝刀
用刀鞘和木匣保护刀锋
日日用鹿皮这温柔之物
擦拭刀身
夜夜用貂油这润滑之物
湿润匣鞘
保护这些用于保护之物
后来提刀入江湖
无奈江湖平庸
大梦一场
在被油腻浸泡多年的江湖刀鞘里
为断悔恨,我断舟抽刀
水从白马眼中奔流直下
露出时光的锋芒
这么多年
我一直欠着
一个锐利的自己
在说书人口中埋伏的风火里
我的刀锋,也永远欠着
一具被沙场打磨多年的白骨

铜　镜　子

老旧的铜镜子

照了百年

也没有把自己照见

面对面的这么多人

目光都掠过镜子

看向深潭里的自己

从不会转过脸

美人的战火和丑人的和平

都是粗糙的沙砾

能把所有皮囊沉积的杂念磨洗

镜子最后的主人

有一张能动我凡心的脸

朝思暮想会面

一场火灾之后

这个被炉火毁容的女人

改名平平

从此一生都在颠簸

我不能领会她的忧虑

直到我被一个眼花的铜匠

敲打成了一个碗

剥夺了我的平静

和清晰的责任

一只横穿高速路的狗

高速公路上

一辆汽车成为二向箔

让生命的三维变成平面

铺平一只奔跑的狗

被危险牵引

被速度撕裂

轨迹泾渭分明

这只狗不知道从哪里来

要到哪里去

为什么在路上

横穿时间

又不能避免

被哲学完整地

拦腰截断

没有人树碑

没有人道歉

无论如何

它的一生止步于此

只留下了奔赴的形状

猎猎的风中像一个王

像我所有的奔赴一样

或许它只是热切地想去见另一只狗
但很快它发现自己的王权
淹没于生活快节奏的戡乱
它不能像王一样管辖四方
甚至连自己的下一秒生命也管辖不了
历史掩盖红色的波浪和潮汐
让车轮滚滚
让激情褪色

年 轮 河

一岁,我发现我,但是我的参与感很弱

三岁,记忆开始产生我,但是我还是没有我

五岁,开始崇拜响亮,以为能点燃爆竹,就能所向披靡

七岁,注意到时间的力量,以为抓住一只蝉,就能握紧流年

九岁,以为旅居异乡不觉苦楚,便能永世不怕孤独

十二岁,和喜欢的人交换微笑,便坚信那是定情信物

十五岁,以为能写几篇满分作文,就能旷世不朽

十八岁,以为牵住一只手,人生的另一半就能抓住

二十岁,以为掌声和鲜花不断,前路便和理想走不散

二十五岁,以为能抱紧梦想,世界和命运便不会荒诞

二十八岁,以为在名利场上提前而立,幸福就能跟上人生效率

二十九岁,再去燃爆竹握一只蝉,响声已不似少年时

三十岁,面对陌生的掌声和鲜花,孤独穿越童年而来

现如今,三十年记忆是一条年轮河

我总是在岸边,为水所滞

幸好遇见你

在弱水里又泛起一圈新的年轮

零　工

废品回收站里
他一刻不停地剥着皮线
只为了换取一张张零钞
零钞能剥开自己的皱纹
等自己被死亡剥开尊严时
帮自己打造棺椁
把自己停放进去
不至于在寒风和嘲笑里
赤裸如生，他急着向死要生
更主要的原因
是他在灯光摇曳的按摩店
遇到了同样被苦命剥开人生的女人
他没有剥开她的尊严
她还是向他传递了一种
绝望的爱情病毒
他们相约继续打零工
然后分别在两地殉情

迷上迷路

认识你之前
我是一个拒绝出错的木匠
斧、锯、刨、尺、锤、钻、凿、锉、锛
常带着九种打开木头的工具
和一个墨斗拒绝偏差

直到认识你
知道多炼一块补天的石头
可以成为猴子
可以成为宝玉
知道不小心揭开几张封纸
可以放出一百零八将
可以放出早产的关公
误差才能产生美好

后来的我
故意制造误差
打碎琉璃盏
为天下人推迟躲雨的约会
学花神,因为一盘棋
赌上一个美丽的错

故意迷路花田

坠入爱河之渊

后来的你

说当一辈子木匠

工具根本不用置全

也能打开我这样的木头

你说你的错误

在于少让我看了一眼

虽说看走了眼

不是个错误

不去纠正误差

肯定不算正确,除非你

迷上迷路

山 海 词

山是奔赴你极其缓慢的浪
是四季里沉入天空的伞
也是陆地上的沉船
正面的热爱
倒戈的人格
青山见你不见我
查重率一百的爱情里
或许自由更胜一筹
我看不到陡峭
其实是看到了连绵

海是太阳底下缓慢的彷徨
海边,海盗用生命追求胜利
渔民用一生追求顺利
也是在海边,我追求你
你却要追求更浩瀚的自己
一闭眼,世界就是船舱
一睁眼,世界就是甲板
已经能决定黑暗和明亮
决定我这个渔民的死生
你不是主角,又是什么

你不是海盗,又是什么

我覆水难收

你为水所滞

粉碎机里找诗歌

阴阳合同碎了
酒桌上下的醉意和公平
知者减半
醒者全无

工作总结里
公元前 206 年之后的 2155 年间
重大水灾发生 1029 次
但举措滴水不漏

人事档案里
互殴的神父、高僧、道长同时死掉
哪一位是明升暗降
哪一位是暗度陈仓
天堂、西天、天界的秘密
躲进布道的废纸

每一张纸碎出的 2598 段
都是一首在努力
拼凑完整情绪的诗歌
尤其是调令、讣告和辞退书

只需要几句起承转合
就能让完整的生命碎尸万段

打捞春秋

星星只会注视看星星的人
寒冷只会侵犯畏惧冷的人
孤独只会惦记被遗弃的人
被遗弃的人
一生的潜意识里都觉得
自己永远是被遗弃的那个
可惜世界的末日是冰是火
我们都无权选择
每个人最终
都是被世界遗弃的人
无权对抗的孤独顾影自怜
像监控自己的半生
又花半生看完回放
或许有人，能从遗弃的冰窖里
带走自己，但无法从自己心中
赶走冰窖，严寒
落入生命之河，化作
希望与黯淡隔的一层冰
对这一层孤独
冬天的鱼和春天的你
或许有兴趣

月　华

月亮朦胧了
记忆的流光会撒一地
月华是我的外婆
她常常朦胧如月亮
但不妨碍对人间
流淌皎洁的心流

生命里最深的叹息
被记忆反复折叠出回响
物质极度稀缺的童年
她开始攒藏所有食物
八十年过去
四季萎缩于干涸的手掌

只有看到孩子们
才会蔓延丝瓜的触角
捧出埋在麦缸里的过期点心
不是点心过期了
是孩子们回家晚了

在她殷切的期许里

你又很难说得清她糊涂
人有离合，月华的记忆
也有圆缺，她会猛然想起
外公的去世，哭成一个
被抢走玩具的孩子
先忘记哭什么的，也是她
好像她忘了
其他人，也不会再想起
便继续笼罩在皎皎的月光里

其惟春秋(二)

我是个晚熟的骑手
换了八匹马
才跑清楚爱情的节奏
知我者和罪我者
在马镫之下
呼吸草野的呼吸
驯服未被驯服的翅膀
在奔腾的朔风里
踏出慵懒的前蹄
人与人生
像骑手与马
都是恋爱关系
一起跳起舞步
好像同时被空气绊了一跤
也可以竖起鬃毛
好像绊了空气一跤
春秋愈演愈烈
爱情愈挫愈浓
后面的恋爱
连恋爱也不需要谈
他们的春秋

必须说清楚的事情
似乎不多

想　　起

她用手指亲吻了一片叶的伤口
这棵树为了铭记爱情
将指纹长成了年轮
只有等到被截断人生
才能再次表露真心
深爱的人
常常无法表露在爱里
只会用拍立得捕捉爱意
但是会拍照的人
又总是无法出现在照片里
只有等到记忆快要褪色
那个快门里慢半拍的人
才会被你想起
就像想你的信
总是无法出现在你的思念里

剧作课上

我能左右上万个人的命运

只要一声令下

许多人就会从

更多年轻人稚嫩的笔下

像天桥下找活路的工人

捧着自我介绍一样

捧着各自的人设

站起来

我会挑选最平庸的一个

赠予他来自社会、对手甚至

自身的毒打

抽出原则的龙骨

任他反抗、崩塌

许多学生见证同类的凋零

终于删除了严肃，填充了兴致

像是看笑话

笑声很大的那几个，肯定是看到了课堂内外

所有的人设

都在崩塌

人只能垂死挣扎

像黑暗中在猛兽的眈眈里

蹑手蹑脚地藏匿

也像在命运里随波流淌

重的，越来越轻

轻的，越来越重

只有欲望

不上不下

公　　主

宋史读到柔福帝姬
明史读到长平公主
便以为汉家再无公主
没承想,演员面试的时候
一个唇妍齿洁的古代女子
穿越时空而来
成了最后出逃的公主
副导演纠正我
错认年代的
有衣裳的清朝式样
还有逃离的城池
全称唤作嗨歌大唐
没错的是
她确实顶着
公主的称号
过着载歌载舞又
流离颠沛的一生

彭 宇 案

二十年过去了

成千上万个老人

摔倒在路边

没有人扶起

人们依然畏惧

假如时间可以倒回

舆论渐渐平息

"你没有撞人,为什么要扶?"

铿锵的言辞回到法官的嘴里

社会道德观大步前进

大众的朴素道德观动摇回来

这个话题不会进入人们日常讨论

无力感回到大众心里

退出庄严的法庭

徐老太还未要求赔偿

她刚刚被扶起

彭宇收起善意

徐老太从地上站起来

回到退休前

继续做一名人民教师

这时彭宇还未来到南京打工

他回到家乡

读书学习

很多人倒地

很多人扶起

道德观倒退的说法无人谈起

岁月静好,一切都那么如意

只有当年真相被假象掩盖

陷害的命令收回时

谎言回到嘴里

有人心生憋屈

办公室战况

办公室里

两个女老师互殴起来

空气凝固如古希腊怒目圆睁的大理石

她们愤怒地揪着彼此的头发

拉扯着时间走向静止

路过的老教师一直在叹气

他知道她们在被什么拉扯

低微的薪酬、繁重的生活

女性的角色分裂和男性的明暗规则

这些东西,让她们手中的头发

与熬夜脱落的头发,也彼此

生出了敌视,这种尖锐的敌视

闪到了她们的眼睛里

让她们突然发现两个人的战争

其实是左右互搏的自己

青春时憧憬的未来

初见时热情的微笑

与胶着的战况

分裂成了两堵坚硬的高墙

高墙外围观的人越来越多

或许她们早就想分开了

只因指甲上镶着一同去做的同款亮钻

缠绕在彼此血腥的黑色瀑布里

无力挣扎着乱如麻线的思路

以及命运

上帝是个"偷窥狂"

喜欢用航拍器
像上帝一样
暗中俯瞰红尘
不经人间同意
我发现上帝和世人的距离
也和我一样
在众生头顶
不得不像飞鸟般谨慎渺小
生怕距离近一点
亲密的男女露出马脚
把旧的命运穿上
然后怒气冲冲
像童年发现父母
翻看她们的早恋日记一样

上帝偷窥人间的路线
无意被我重复
在重复里我也开始偷窥上帝
上帝你能力无限的话
能不能创造一个自己偷窥不了的角落
我不敢多花一秒思考

生怕上帝这个"偷窥狂"
把他的航拍器
和追踪器在我头上
轻拿重放
好像能摆布我的命运一样

眺望这么多人
我和上帝一样满意的
只有一个牵着三只狗的孩子
眼睛放光,鼻涕两丈,正在自封为王
王斜视了一眼时间:你算什么
不过是个见证伟大的偷窥狂

洗车店的第二种价格

闹市里新开的洗车店

挂出两种洗车价格

一种是低价的精洗

一种是高贵的精洗

这两种价格

是因为精度有不同

还是手法的差异

老板笑呵呵:"都不是

是因为洗车工人

一类是来自大学的高端专业,

一类是有唐氏综合征和智力缺陷。"

于是我选了低价精洗

想帮一帮弱势群体

但是走出的却是两个普通的年轻人

他们左手冲出一条长江

右手擦掉一条黄河

一边拿起意志坚定的水枪

一边喷满引领时代的泡沫

问起来,果然都是高端人才

一个研究了三年黄河的水沙调控

一个深谙马列论著和新闻职业道德

生涩的理论究竟是有点散漫,碰壁在车身

溅到旁观的我

他们自豪地说

刚刚从大学盗火于水文和新闻学

生疏于这里费水和费口水的工作

我心生诧异,高端人才为什么不是高端价格?

老板继续笑呵呵:

"专业不是高端,给人道德才是卖点

喜憨儿对应的高端价格

足够满足顾客朋友圈的慈悲。"

收起抹布的两个毕业生

脸色阴晴不定

仿佛又经受一次

强不胜弱的霸凌

后　记

五岁,以为点燃爆竹,就能所向披靡;

七岁,以为抓住一只蝉,就能握紧时间;

九岁,以为旅居异乡不苦,便是无惧孤独;

十二岁,以为和喜欢的人交换莞尔,就是定情;

十五岁,以为能写几篇满分作文,就能旷世不朽;

十八岁,以为牵住一只手,就是抓住了人生的另一半;

二十岁,以为面前掌声和鲜花不散,前路便和你走不散;

二十五岁,以为能抱紧理性严谨,世界和命运便不再荒诞;

二十八岁,以为在名利场上提前而立,幸福就能跟得上人生;

三十岁,在异乡面对陌生的掌声和鲜花,孤独穿越往事而来。

现如今,过了三十岁,不再有那么多以为了。这一截三十年的路程,形状再也不形似陀螺原地打转。

这三十年,路过了太多的台阶和扶手,路过了太多的烟花和雪花,才觉得只有层楼和鲜花的终点最是寂寥。然后仍然盼望烟花突然绽放在寂寞而无情的层楼之上。

长大、快乐、独立、约定、不朽、爱情、热闹、理性、效率……不在两扇门,相隔一层纸。

三岁之前的变化,在外在表现上最为剧烈,虽然是当事人,但非常不可思议,我的参与感最弱。三岁到九岁的内在变化最为剧烈,从不松弛,天真的自我渐渐开始习惯社会的规训。九岁到十八岁的内外变化是一场大雪,雪花的大小不停微调,内在风起云涌。到了三十岁,外在尘埃落定,内在也开始云淡风轻。当然,偶然想起执念的过去和欲望的未来,也会雷声隐隐,至于唤醒云起,还是只煮风雷,此为后话,不表。

少年时到现在,记忆是一条河,我总是在岸边,为水所滞。

现在,我进入水中,尝试为这一段华丽匆忙的舞台转场作序。为不辜负这么多佳景佳期佳人的风雨流年而作序,奈何行文愈繁,愈觉单薄。十年前也曾写过诗,接着出版面世之后,寥寥几行,便横铄了情感流淌的大江。生锈的文字,终于降解在一个个未命名的文件夹,融化在同样锈迹熠然的骄傲少年心头,也消融在再也回不去的清晨的残梦里,凛冽冷清,暗涌不绝。

童年的我,是怎么思考现在的呢?我许多次回到当年,踮起脚看向当年的未来,这未来在今天,有时候也会在明天。

有人说飞舞的片片雪花是当初在星空下许愿的回信。而我出生的时候,正是雪落时分,大概是随着我的啼哭,大地收到了天空的回信,雪开始融化。

江山风花,凉风雪月,本无常主,我做了几十年的闲者,又与大雪同时落地,不是主人也该有些其他渊源,年少的我,常常这样想。

每一个下雪天,都是我的花期,能让我隐约回忆起初见这个世界的样子。而下雪,总在过年。所以雪花的花事也是烟花的花事,过年就是它们共同的花季花期。

过年时最喜欢放烟花,自己家的放完了,明知道没有了,还总要问:还有什么可放的吗?没有了,只有鞭炮。

小时乖巧,过年的炮仗烟花我很少去触碰,从不敢去点燃。后来聪明又贪玩的兄长李昂发明了一种玩法,把鞭炮拆开变成一个个单响爆竹,把爆竹放进钢管里点燃,钢管前加上小狗用来吃饭的铁饭碗,类似于迷你版的红夷大炮,虽然威力不大,射程不远,但是小铁盆的轨迹不定,被炸飞时便显得格外有趣。当然,现在回想起来,小狗可不这么觉得。它应该是方圆百里"铁饭碗"唯一被炸飞的。

有李昂的陪伴,有钢管的保护,我仍有畏惧,但是更有期待,甚至点燃时也不再躲开。爸妈看到了,难免不厌其烦地批评,我们接着向他们不厌其烦地解释安全性。他们或许听了,或许没有听,还是不厌其烦地说道:"这样太危险,快收起来。冘冘,你不是很怕鞭炮吗?怎么又喜欢玩了?"

最后一句话,是一个疑问句吗?什么意思?

现在回想起来,真是可怕的预言。

恍然二十年过去了,这个问题竟然成了我许多次人生抉择的选项。我开始知道,自己喜欢以各种方式探索世界的陌生,在少年时畏惧又期待鞭炮声响的时候,已然悄悄埋下了伏笔。

红夷大炮的玩法像烟花一样,有几分繁华,便有几分苍凉。声音越响,我们越开心,铁饭碗越破,小狗越揪心。一瞬间之后便是无尽的落寞,就像小狗对着摔破的铁饭碗,先咧开嘴,再吐吐舌头挤挤眼睛,如笑如诉如哭。

再长大一点,会写作文的年纪,反而不再会对小狗察言观色了。我可以不用钢管独自点燃鞭炮了,敢肆无忌惮地轰炸小狗的铁饭碗,因此成了一群孩子心中勇敢的孩子王。甚至后来,相隔甚远的孩子慕名而来,说要进贡给我一个很大的爆竹,可以炸晕方圆几米的大鱼。看着他虔诚地捧着一个用来捡鱼的大桶,一种崇高感从心底油然而生。看着手腕粗的爆竹,我心生怯意,于是借口找个吉日吉时再炸鱼,把这个大杀器很宝贝地藏在了爸爸的书柜里,一个不读完几百本书永远都找不到的黑暗角落。

不知过了多久,我快要长大了,才想起来这支了不起的爆竹。于是我焚香素手,将它从书柜深处双手捧了出来。选了当天的吉时,一个人溜到院子后的湖边,庄重地点燃,扔了进去。

等了好久,没有声响。

没有一条鱼探出头来,秋水无痕,蜉蝣不惊。

大概是书柜里的蛀虫把爆竹里的火药吃掉了,所以失了威力,也不发响。就像七岁握紧的蝉、十八岁牵起的手、二十五岁的理想胜过一切,所谓"一鸣惊人"也只是痴心的一厢情愿。

再后来十多年的无数个午后,看到淡黄色慵懒的光线搅动着漫天的浮云,如水面微澜,我会想起少年时的我与鞭炮的众多经历,想起大杀器欠我的万钧雷霆,想起冒失点燃的鞭炮猛然炸在了眼前的心惊,隔了多年,已经快要分不清记忆和幻想,老了之后,也是这样吧。

在一次讲座里,我引用张潮《幽梦影》中的一句话谈古人的人生理想:"愿在木而为樗……愿在草而为蓍……愿在鸟而为鸥……愿在兽而为廌……愿在虫而为蝶……愿在鱼而为鲲。"讲座结束时,年轻的学生提问:"其他的都可以理解,为什么愿在木而为樗呢?"

"樗"是臭椿,在很多人看来是一种很低贱的树,与金丝楠木、降香黄檀更不可比,椿树寿命较短,木材不经用,用处也不大,况且本身还有一股难闻的气味,所以,很少有人喜欢它。我没能给出一个让我满意的答案,因为我也尚有疑问。

后来的几年,我导演的系列纪录片《杨家将》在央视和十多家卫视播出后,收到了很多观众反馈,他们大都对杨家将非常熟悉,但是对"弓马甲天下"的杨家将故里神木县(古麟州)陌生。为什么杨家将会在那里扎根,这是他们最关心的问题。这个问题不难回答,大争之地,必出英雄,古麟州地处"十五英寸等雨线"之西北,游牧民族与他们的牲畜来往于干燥地区,让牛羊自觅水草。处在这条特殊地理线上的古麟州百姓,不得不常常面对突至眼前的北方强敌。回答完之后,我想起了讲座里没能解答好的问题。

后来继续做编剧、导演,创作了几年,也活进了北宋,我更加关心为何"愿在木而为樗"。978 年前,范仲淹也是从我所出发的苏州而来,吟哦起那句"长烟落日孤城闭",之后的千年我在精神上完成了文化接力。同样的路,三千里,我能走出来什么?我先学会了摒除自己,在断流已久的窟野河岸,在一个个杨家将保家卫国的故事里,我让自己从文人走成无畏的勇士,也终于能回答当年学生的问题,见过英雄和白骨才得来的清醒,能做一棵橙栎在野外蓬勃自在,既能终其天年,还能发挥作用,已经是命运绝妙的安排了。"在木为橰"是一种没有世俗限制的选择,是一种开放性,是万千可能性,是一种奉献,也是对抗生活惯性最好的方式。

记忆,因为货真价实的情绪体验而灼灼其华,一旦盛开一次,所有的故事,都开始颠沛在记忆的深处。眼里花开、心里花落的青春里,追逐陌生人和梦想,暖我衷肠,赠我锦衾,慰我凄楚,伴我红尘十丈里免于孑身穿行。岁月无声的罅隙,昼夜的明明灭灭,让人走在人生的情节里,刻度分明,忘乎所以。

现在守着都市烟花般繁华的喧闹,忘记声响,也可以安静品味新的梦想给人带来的一段温暖而恬淡的时光,若无其事地看着如烟往事,不再怀念那个夏天无数的蝉,不再怀念那个女孩连嘴角都来不及牵起的擦肩。往事就像田园对城市的一种回避,像寂寞的东西对喧闹的回避。回避是因为他总有底线,而不是一味拒绝,他总是流动,而不是逃避,少了很多歇斯底里。

我们只能怀念曾经穿越了靡丽的少年时代的幻想,以及永远也等不来的火车。这样的怀念总会发生,像某个片段,不经意就被拓进了故事的章节。年轮沦陷在一年一季的信风中,光阴如忘川之水,早已洗去了前尘往事。我们一直在成长,真正的成长是不拒绝成长路上有时为了成长而拒绝成长。

你和我一样,是每一个爱过的人拼凑而成的马赛克,教你点燃烟花的人,教你写字的人,教你捕蝉的人……他们让你我多了一节拍快乐的心跳。他们不知道,每一个心跳都有他们,在这里,我要告诉他们。

少年迷恋烟花,迷恋爆竹,迷恋爱情,迷恋易逝的东西,忽然而立,便又开始敬畏不朽。大概是经历了太多次它们的易得易逝,让我觉得我的不朽似有可能。长大以后,依然喜欢放烟花、点爆竹,但是,都像是放给小时候,放给五岁以后每一次的失落心境。

烟花之亮,无不来自黑暗之深;烟花之轻,无不来自冲击之重。这亮,是光亮,是响亮;这轻,是声音,也是质量。一如人之生命,也像爱情怨恨之深,又无不来自恩情之切。爱情是一种繁华景观,是一种纯粹光影的变格、变态、变调、变奏。在人的注视或沉浸中,烟花或人事的景观也无非这四种。

往事深处的爱恨情仇如烟花,极富"少年感",会让人走进明天像走进大海,无边无际,又让人觉知自己如沧海一粟。它们是不知何时会响的爆竹、何时会涨的海潮。成长是看着理想主义朝气的泪水老去,然后带着阳光和伤痕前往另一个不再有葱茏、不再有青春的梦想。

我不知道时光,何时会迷离为梦想不倦前行的坚毅眼神,也不知道风,何时会吹散青春弥漫的梦幻氤氲。但我始终盼望着那银铃般的歌声在路边的花瓣上持久响起,在一季一季的雨水中幽然走过脚底慌乱的青石板。

前几天的导演课上,一个学生问我,如果不是商业目的,我们拍出来电影,写下我们所经历的一切,最后能剩下什么?也许在我们垂老之后,能够通过这些作品、这些场景、这些句子想起来一些情节、一些人物,能够想起一些让嘴角上扬、让眉头舒展的事情,能够将梦想的脚印真实地拓进每个平淡如水的日子,能够这样也就不辜负梦想,不枉费生命的烟花灿烂一瞬了吧。

完成作品之后,又过了很久,我的眼睛下面开始有了鱼尾游走,当年的玩伴也早已水波般散于江湖。再之后的日子,我继续走遍千山万水,没有停下,终于走到了当年那个安静的湖边。

那天的湖特别安静,走过之后,听到背后隐隐约约的一声爆竹闷响,我停下来,回头去看,成千上万条鱼涌了上来。

那是我第一次被时间炸伤。

是不是那个大杀器,一直都在闷响?这些年,怪我不够安静,太匆忙,忽略了这个时间隐隐的伤。

五岁的爆竹,一瞬间成为废纸;七岁的蝉鸣,十八岁时成了噪声;八岁的玩具,十二岁时变成废品;十五岁的满分和名次,二十岁时就成了废纸。一切都在变质,一切都在过期,一切都在寂灭……

到我三十岁,初识时二十五岁的母亲,已成了老年人;初识时二十一岁的恋人,变成了夫人,当年驹齿未落的卓如,长成了大人,始觉尘世虽微浅,但人世不空。

天柱虽倾,但因为她们,我还是敢蹈周天子的昆仑丘。尽管少年的功名,终会在八十岁时成为故事,在一百五十岁时不会有人想起,但土下的皮囊已经泰然:曾经经历,孤意与深情。

此世,我用生命爱的人不多。如果有幸长寿,我会带着爱的人的记忆活下去,不会让世界遗忘心中的名字。我会用这些名字,为艺术作品命名,为致力于助人的奖助金命名。每个清晨点燃一根蜡烛,每个月份请修行有成的人诵起因你而起的经文,在东方和西方的情人节、清明节、复活节,以及东西方日历里你的生日,献上一束你最喜欢的花,再让全城最好的餐厅以你的名字命名他们最美味的菜肴,让最好的茶馆、咖啡厅、酒吧,以你的名字命名一种饮品,每天晚上喝完最后一杯时,所有人一起干杯,敬你……我接受世界忘记我,不希望世界会忘记你,我最爱的你。

三岁时喜不自胜的气球,三天后就会泄气,幸运的是,往往在泄气之前,对气球的热情就已干瘪。

人的一生难免刻舟求剑,我们总是容易忘记自己是在一条河上,又特别容易想起,自己是在一条船上。我们总是喜欢拿着一把匕首或者一支笔在如纸的船舱上留下痕迹,却始终找不到那把不知道是不是真正拥有过的宝剑,然后感喟为什么当时没有跃入水中。愚者借我们之愚口喃喃自语:智者不入欲河。

河边的柳枝被过多的离别折来折去,几千年来没有耽搁蝉来蝉往,最近几年因为世人贪吃金蝉,竟生生吃光了夏天的符号。

以至于夏天每日北上三十里,再葱茏的排场,也无信使。也早已没了雷声隐隐,恍然就过了晚夏。这个季节似乎还有很多事儿,比如约会的归去来,重逢的莫须有,别离的形而上,生命的睡而醒,比如我富足暑假里光秃秃的惆怅……还有很多比《诗经》里夏天会落下的、比雪花还细碎的事情,它们从寂寞的彼岸飘来,在我的往事深处,在暮夏下起连绵不断的雪。

而往事深处的烟花,生命中的你我,爱情中的人儿,也趁着暮色,消失在大地,像火光消失在天空。

今天此刻,是今生到此为止的最后一刻,明天醒来,也将迎来此后余生的第一天。

之后的人生,各有造化,各有安排。